Jutta Ebersberg

Feierabend
Ein badischer Krimi

Bibliographische Information der Deutschen Nationalbibliothek
Die Deutsche Nationalbibliothek verzeichnet diese Publikation in
der Deutschen Nationalbibliographie; detaillierte bibliographische
Daten sind im Internet über http://dnb.d-nb.de abrufbar.

Die Autorin:

Jutta Ebersberg, geboren 1955 in Rastatt, aufgewachsen in Bühl, lebt seit 1975
in Karlsruhe und genießt seit Anfang 2021 den Ruhestand.

Mehr unter www.juttaebersberg.de

Umschlaggestaltung/Foto: Jutta Ebersberg, Hans-Arved Willberg

ISBN: 978-3-7597-7818-5

Redaktion und Produktion: Hans-Arved Willberg
KomBi - Verlag für Komptenz und Bildung von Life Consult
76275 Ettlingen; E-Mail: info@life-consult.org; Website: www.life-consult.org

Verlag: BoD • Books on Demand GmbH, In de Tarpen 42, 22848 Norderstedt
Druck: Libri Plureos GmbH, Friedensallee 273, 22763 Hamburg

Jutta Ebersberg

Feierabend
Ein badischer Krimi

Im Polizeipräsidium hatte man sich zur Montagsbesprechung getroffen. Wieder waren einige Fälle versuchten Betruges gemeldet worden: Mehrere Personen wurden von einem angeblichen „Polizeibeamten Fischer" kontaktiert, der berichtete, dass man einen Einbrecher gefasst habe, der eine Liste mit ihren Namen und Adressen bei sich führe. Glücklicherweise waren fast alle Angerufenen skeptisch, brachen das Telefonat ab und meldeten es mit Angabe der Telefonnummer bei der echten Polizei. Die Ermittlungen ergaben, dass die angezeigten Nummern mittels technischer Software „gespooft" waren, das heißt, sie existieren tatsächlich nicht und ein Rückschluss auf den Anrufer ist nicht möglich.

„Offensichtlich hat es etwas genutzt, dass wir immer wieder über solche Fälle berichtet haben!" Der Leiter der Besprechung zeigte ein zufriedenes Lächeln. „Und wie sieht es aktuell in der Mordkommission aus?"

Alle Blicke wandten sich Ute und Alex zu.

„Wir hatten ausnahmsweise ein ruhiges Wochenende. Ich bin nicht unglücklich, wenn ich mal Zeit habe, ein paar Stapel abzubauen."

Alex legte seine Stirn in Falten. „Was denn für Stapel? Sprichst du von meinem oder von deinem Schreibtisch?"

Es war allgemein bekannt, dass sich die beiden Schreibtische extrem voneinander unterschieden: Während bei Ute alles seinen Platz hatte und ihr zum Arbeiten eine große freie Fläche zur Verfügung stand, überlegte Alex inzwischen, ob ein Beistelltisch eine

Möglichkeit wäre, seine Papierberge etwas zu verteilen, um eine kleine Lücke zu gewinnen.

An die Runde gewandt fügte er hinzu: „Ich bin auch froh, wenn wir ein paar Tage drinnen arbeiten können. Es gibt bereits so viele Blüten und Pollen, das macht keinen Spaß mehr, wenn man eine Pollenallergie hat!"

Ute nickte verständnisvoll. „Wenn wir noch ein paar Minuten Zeit haben und es euch interessiert, könnte ich von einem Anruf erzählen, den ich am Wochenende hatte. Felix, der Neffe meiner Freundin Claudia, steckt gerade in der Endphase seiner Doktorarbeit. Er ist Biologe und hat seiner Ansicht nach die Jahrtausendentdeckung gemacht: aus Knochenmaterial Häuser bauen, die nach der Nutzung biologisch abbaubar sind, z.B. vorübergehende Unterkünfte."

Martin unterbrach sie: „Und da wendet er sich an die Mordkommission, um Knochen zu bekommen! Du machst Witze, oder?"

„Nein, ich habe zunächst ähnlich reagiert, aber es ist tatsächlich so. Soll ich kurz berichten?"

„Unbedingt, so etwas Abgefahrenes hört man nicht alle Tage! Soviel Zeit muss sein." Martin schaute sich um, die anderen nickten.

„Felix hat sein Projekt „BOME" genannt, das steht für „Bone Home", verkürzt ausgedrückt: Wohnen in einem Haus aus in Kultur gewachsenen Knochen als nachhaltigem Baumaterial."

Alex unterbrach: „Dann könnte man doch auch einfach von „Knochen-Bau" sprechen."

Ute zog die Augenbrauen hoch: „Könnte man, aber Wissenschaftler sprechen nun mal lieber Englisch, er will das Projekt ja nicht auf Deutschland beschränken. Also, es geht um ein Forschungsprojekt, in dem Knochenmaterial in Kultur wachsen soll, im zweiten Schritt soll daraus Wohnraum hergestellt werden. Das geht über eine aufblasbare Membran, deshalb entsteht ein kuppelförmiges Gebilde, ähnlich wie ein Iglu. Wie das genau funktionieren soll, habe ich nicht verstanden, aber darum geht es ja jetzt auch nicht. Wichtige Themen dabei sind Nachhaltigkeit und Umweltschutz. Felix meint, die Baubranche sei einer der Hauptverursacher von weltweit anfallenden CO_2-Emissionen und Abfall, und da wären Knochen echte Alternativen zu Holz, Stahl und Beton. Außerdem sind sie leichter, deutlich flexibler und vollständig recycelbar. Auf längere Sicht könnte diese Technologie sogar Werkstoffe wie Plastik oder Fiberglas ersetzen."

Gerd, der Kollege aus der Spurensicherung, hatte interessiert zugehört. „Heißt das, dass wir hier in Karlsruhe irgendwann eine Siedlung aus Knochen haben?"

„Keine Ahnung, im Moment denkt er beispielsweise an Erdbebengebiete, wo plötzlich jede Menge Wohnraum benötigt wird. Da wäre das eine echte Alternative zu den vielen Zelten, die irgendwann als Müll übrigbleiben, während seine Variante einfach recycelt werden kann."

Martin zeigte sich beeindruckt. „Ich verstehe das Ganze zwar nur ansatzweise, aber es klingt spannend! Hat er noch andere Ideen, wofür das Material genutzt werden könnte?"

„Ja, man könnte beispielsweise auch Rotorblätter für Windräder bauen, oder Radrahmen, auch Särge."

„Und in welchem zeitlichen Rahmen soll sich das Ganze abspielen?"

„Zunächst brauchen sie Sponsoren, damit sie die ganzen Arbeiten überhaupt vorantreiben können. Aber auf jeden Fall soll im Jahr 2030 auf der Landesgartenschau ein Pavillon stehen. Das geht auf einen Kontakt mit einem Baubürgermeister zurück, der sofort einen Pavillon in Auftrag gegeben hat."

Alex sagte: „Wenn das klappt, machen wir einen Betriebsausflug dorthin und schauen es uns an!"

Ute schmunzelte: „Ich werde es Felix ausrichten, das ist bestimmt ein Ansporn für ihn."

Der Leiter der Besprechung schaute auf die Uhr. „Vielen Dank, dieser Bericht war fast so spannend wie ein Mordfall, aber deutlich erfreulicher. Wenn es keine weiteren Themen mehr gibt, können wir uns wieder dem Alltag widmen."

Da sich niemand mehr zu Wort meldete, löste sich die Gruppe auf, und jeder ging zurück an seine Arbeit.

Herr Klein war von dem neuen Seminarhaus in Ettlingen begeistert. Hier würde er also die nächsten beiden Tage mit einer Gruppe von fünf Personen ein Coaching durchführen. Er überflog noch einmal seine Notizen: Seine Auftraggeberin Frau Ahrendt hatte eine große „Gesundheitspraxis" in Heidelberg mit den Bereichen Physiotherapie, Ernährung und Wellness und neuerdings eine kleinere Praxis in Karlsruhe ohne Wellnessbereich. Sie selbst war überwiegend in Heidelberg, hatte aber bei einem ihrer Besuche in Karlsruhe festgestellt, dass das Team nicht so harmonierte, wie sie sich das wünschte. Das sollte sich durch ein Coaching ändern. Um die Mitarbeiter leichter für diese Tage zu gewinnen, hatte sie vorgeschlagen, gemeinsam über den Praxisslogan nachzudenken und ihn eventuell zu aktualisieren. Sie hatte ihm auch erklärt, dass sie Wert daraufflege, dass man im Bereich Ernährung nicht von „Patienten" spreche, sondern von

„Kunden", da diese Personen überwiegend aus eigenem Interesse kämen, nur vereinzelt auf ärztliche Empfehlung.

Die Notizen zu den einzelnen Mitarbeitern las Herr Klein nicht, er wollte ihnen unvoreingenommen begegnen.

Man hatte ihm hier einen hellen freundlichen Raum gezeigt und auf seinen Wunsch hin sechs bequeme Stühle kreisförmig aufgestellt, in der Mitte ein buntes Frühlingsgesteck auf einem lindgrünen Tuch. Neben einem der Fenster war auf einem breiten Tisch ein Kuchenbüffet aufgebaut, eine große Obstschale, ein Samowar mit einer Vielfalt von Teesorten und eine Kaffeemaschine zur Selbstbedienung.

Die fünf Teilnehmer kamen plaudernd herein, verstummten aber, als sie Herrn Klein sahen. Eine der Frauen kam direkt auf ihn zu: „Guten Tag, Sie müssen Herr Klein sein! Wir sind das Praxisteam."

Innerlich schmunzelte er. Ein „Alphatier"? Er ließ sich aber nichts anmerken, sondern begrüßte die Gruppe und ermunterte sie, sich zunächst mit Kaffee, Tee, Gebäck oder Obst zu bedienen. Er legte in der Zwischenzeit einige Fotos um das Tuch herum.

Nachdem sich alle gestärkt und Platz genommen hatten, eröffnete er: „Ihre Chefin, Frau Ahrendt, hat Sie informiert über diese Tage. Sie fragt sich, ob das bisherige Motto ‚Gesund und fit bis ins hohe Alter' noch zeitgemäß ist und schlägt vor, sich gemeinsam Gedanken zu machen. Natürlich hätte sie damit ein Marketingunternehmen beauftragen können, aber sie denkt, dass Sie Ihre Patienten und Kunden besser kennen und diese Tage zugleich Ihnen als Team guttun könnten. Wenn ein Team harmoniert, hat das ja auch eine gewisse Außenwirkung."

„Will sie damit sagen, dass unser Team nicht harmoniert? Sie ist so selten in der Praxis in Karlsruhe, dass sie sich kein Urteil erlauben kann. Da sollte sie besser das Team in ihrer Heidelberger Praxis anschauen." In der Stimme des „Alphatieres" war ein gereizter Unterton nicht zu überhören.

„Teambuilding tut auch einem funktionierenden Team gut. Je besser Sie harmonieren, desto überzeugender wird das Ergebnis werden." Er schaute in die Runde und ließ kurz seinen Blick auf jedem Einzelnen ruhen. Dann fuhr er fort: „Zunächst würde ich Sie gerne etwas kennenlernen. Dazu habe ich diese Fotos ausgelegt und bitte Sie, sich ein Bild zu nehmen, das Sie besonders anspricht, und sich damit vorzustellen. Was spricht Sie an diesem Foto an, was hat das mit Ihrer Arbeit zu tun?"

Alle standen auf, gingen langsam um die Mitte herum, wählten sich ein Foto aus und setzten sich wieder. Herr Klein lächelte dem „Alphatier" zu, da er ohnehin davon ausging, dass sie beginnen würde.

„Ich bin Franziska Baum und habe mich für diese schlanke junge Frau entschieden. Sie macht auf mich den Eindruck, dass sie auf ihre Gesundheit achtet, sich bewusst ernährt, aber auch offen ist für Tipps. Ich bin Ernährungsberaterin und habe mich auf basische und vegane Ernährung spezialisiert, nicht weil es ein Trend ist, sondern weil ich davon überzeugt bin, dass wir alle total übersäuert sind und…"

Einer der beiden Herren unterbrach sie. „Wenn ich es recht verstanden habe, sollen wir uns einfach nur vorstellen. Ich bin Tobias Demski und führe als Koch die praktischen Workshops zu diesen Themen durch. Mein Foto zeigt einen Mann, der offensichtlich einem guten Essen gegenüber nicht abgeneigt ist. Für den würde ich gerne mal kochen und zwar so richtig deftig!"

Franziska zog die Augenbrauen hoch.

Der junge Mann neben ihr ergriff das Wort. „Robin Jehlig, Physiotherapeut. Ich habe mich für diese Kinder entschieden, die machen einen so unverkrampften Eindruck, und weit und breit sind keine Eltern zu sehen, die sich Sorgen über die Entwicklung der Wirbelsäule machen."

„Aber diese Eltern muss man auch verstehen, sie wollen ja nur das Beste für ihre Kinder. Ich bin Emma Lauter, ebenfalls in der Physiotherapie tätig. Mein Bild zeigt eine alte Dame, die ihr Leben offensichtlich gut meistert."

„Ich heiße Tina Schwarz und bin in der Praxis für die Organisation zuständig, die Einbestellung, Abrechnung, Schriftkram. Ich habe mich für dieses Mädchen entschieden, das ein bisschen abseits steht."

„Okay, und ich bin Florian Klein. Mein Foto zeigt einen Mann, der erwartungsvoll in die Kamera schaut, und genauso gehe ich in diese Tage mit Ihnen. Ich biete Coaching an und möchte Sie unterstützen, Ihre Stärken und Ressourcen zu entdecken, für sich selbst, aber auch als Teil des Teams. Und so ganz nebenbei behalten wir das Motto der Praxis im Auge."

Er ließ seine Worte etwas nachwirken. „Sie haben jetzt nur wenige Sätze gesagt, aber damit bereits Einiges über sich selbst und Ihre Befindlichkeit im Team preisgegeben. Haben Sie das gespürt, oder ist Ihnen das aus Ihrem Alltag so vertraut, dass es Ihnen gar nicht mehr auffällt?"

Franziska strich sich eine Strähne aus dem Gesicht, Tina schaute auf ihre Hände, Robin räusperte sich.

„Wir können gerne sofort ein paar Aspekte aufgreifen und sind damit gleich mitten in der Arbeit. Ich fange mal mit der Physiotherapie an. Frau Lauter, wie gehen Sie beide in Ihrer Abteilung vor?"

Emma schaute überrascht auf und suchte nach Worten. „Was soll ich da sagen? Es hat jeder seine eigenen Patienten, wir mischen uns nicht in den Stil des anderen ein."

„Sie beraten sich auch nicht gegenseitig oder berichten sich von Ihren jeweiligen Erfolgen? Oder andersherum: Sie geben sich auch keine Tipps, wenn es den Anschein hat, dass eine Behandlung nicht anschlägt?"

Sie warf ihrem Kollegen einen Seitenblick zu. „Unser zeitliches Budget ist ziemlich eng getaktet, da bleibt kein Raum für große Aussprachen."

„Von großen Aussprachen war nicht die Rede. Herr Jehlig, wie sehen Sie das Ganze?"

Der Angesprochene straffte seine Schultern etwas. „Das würde mir gerade noch fehlen! Fragen Sie gerne meine Patienten, ob die mit mir zufrieden sind, das ist mir wichtiger als die Meinung von Emma. Es gibt schließlich verschiedene Methoden, wie man etwas angehen kann, und da haben wir wohl schon unterschiedliche Ansätze. In der Zeit, in der sie ihren Patienten zuhört, haben die meinigen schon zwei Übungen absolviert!"

Herr Klein wandte sich an Tina. „Frau Schwarz, Sie sind ja für die Terminvergabe zuständig und somit auch für die Tagesstruktur der Therapeuten. Könnten Sie da eine Möglichkeit sehen, ab und zu Zeit für einen kollegialen Austausch einzuplanen?"

Die Angesprochene errötete leicht. „Sie haben keine Ahnung, wie schwierig die Terminabstimmung schon mit den Patienten ist, dann kommen noch die Wünsche der Therapeuten dazu. Ich komme mir manchmal vor wie im chinesischen Zirkus, wo man mehrere Teller gleichzeitig drehen muss."

„Und wie sieht es mit der Abteilung Ernährung aus?"

„Am einfachsten ist es noch mit Tobias. Er hat seine festen Tage, an denen gekocht wird, da kommen alle Kunden zur gleichen Zeit."

„Aha, das leuchtet ein. Wie ist es mit Frau Baum?"

Tina biss sich auf die Lippe. „Da gibt es kein System. Wenn man sagen könnte ‚Frau X kommt immer dienstags, Herr Y immer mittwochs‘, wäre es gut zu regeln, aber dann soll plötzlich Frau X am Mittwoch nochmal kommen, weil Frau Baum gerade einer wichtigen Frage auf der Spur ist und engmaschig mit ihr weiterarbeiten möchte. Dann kann ich Herrn Y hinterhertelefonieren, um einen neuen Termin für ihn zu finden, aber er hat bereits alles in seinem Kalender abgestimmt. Und glauben Sie nicht, dass irgendjemand sieht, wie ich manchmal Unmögliches möglich mache!" Sie atmete tief durch: „Wenn es gut läuft, ist es selbstverständlich, und wenn etwas nicht wunschgemäß klappt, kann ich mir irgendwelche Vorwürfe anhören."

„Sie haben das Foto gewählt, auf dem eine Person etwas abseitssteht. Sollten Sie in dieser Praxis nicht eher eine Position in der Mitte haben, schließlich koordinieren Sie doch sämtliche Termine und sorgen für einen reibungslosen Ablauf?"

Tina nickte, ohne weiter zu antworten.

„Wir können das mal für den Moment so stehenlassen. Herr Demski, ich war bei der Vorstellungsrunde überrascht, dass Sie gesagt haben, dass Sie gerne mal so richtig deftig kochen würden. Wenn ich das richtig im Ohr habe, vertreten Sie hier doch eine basische und vegane Ernährung. Wie stehen Sie denn zu dieser gesunden Ernährungsform?"

Tobias lehnte sich in seinem Stuhl zurück und schlug ein Bein über das andere. „Ich unterstütze diese Art der Ernährung durchaus und bin jetzt auch lange genug basisch und vegan unterwegs, da brauche ich nicht ständig eine Korrektur von Franziska. Wenn ich deftig kochen würde, würde sie mir wenigstens nicht reinreden." Er schaute seine Kollegin direkt an: „Entschuldigung, wenn ich es mal so direkt sage: Wenn du wenigstens kochen könntest, dann würde ich mir das zur Not gefallen lassen, aber du bist doch die reine Theoretikerin."

„Das muss ich mir nicht gefallen lassen!" Franziska warf ihm einen durchdringenden Blick zu.

Beschwichtigend sagte Herr Klein: „Nur wenn wir wissen, wo der Schmerzpunkt sitzt, können wir ihn behandeln. Unser gemeinsames Ansinnen ist, dass Sie zu einem etwas harmonischeren Team werden, und da gilt es, einige Hürden zu nehmen."

Er wartete einen Augenblick, bevor er fortfuhr: „Frau Baum, das war ein sehr direkter Angriff auf Ihre Person. Wie sehen Sie denn das Miteinander mit Herrn Demski?"

„Was heißt hier Miteinander? Er muss dafür sorgen, dass meine Kunden eine praktische Hilfe bekommen, das, was sie bei mir in der Theorie gelernt haben, auch umzusetzen."

„Macht er das gut?"

Es fiel Franziska sichtlich schwer, darauf zu antworten. „Es riecht immer gut in der Küche, wenn nach seinen Rezepten gekocht wird, aber er könnte sich ruhig besser mit mir abstimmen."

Herr Klein schaute sich in der Runde um. „Ich möchte Sie ungern in dieser Stimmung in den Abend gehen lassen. Mir ist es wichtig, dass jeder zumindest *eine* Sache hört, die er gut macht. Frau Baum, Sie haben gesagt, dass es gut riecht, wenn Herr Demski kocht. Können Sie das noch etwas ergänzen?"

Wieder strich sie sich eine Strähne aus dem Gesicht. „Nun, die Kunden sind mit seinen Rezepten sehr zufrieden."

„Herr Demski, was wollen Sie Frau Baum sagen?"

Der Koch zuckte mit den Schultern und überlegte. „Die Fachkompetenz kann ich ihr nicht absprechen."

„Diese Aussage war nicht gerade euphorisch, aber mildert doch Ihren Angriff von vorhin."

Robin war aufgebracht: „Ein bisschen mehr Anerkennung hätte sie schon verdient, schließlich holt sie uns mit ihrem Fachgebiet eine Menge Kunden in die Praxis!"

Herr Klein übernahm wieder: „Dann machen wir doch gleich bei der Physiotherapie weiter. Wie sieht es bei Ihnen beiden aus?"

Robin zögerte nicht lange: „Emma ist eine gute Zuhörerin, und das entspannt die Patienten natürlich auch."

Emma erwiderte: „Robin ist vor allem bei seinen älteren Patientinnen sehr beliebt, die kann er fast um den Finger wickeln."

„Fehlt noch Frau Schwarz. Wer will etwas zu ihr sagen?"

Tobias brauchte nicht lange überlegen: „Ich bin zwar nicht betroffen von der Termingestaltung, aber ich sehe, was sie sonst noch alles stemmt. Wenn ich nur an den ganzen Papierkrieg denke… Und auch im Wartebereich sorgt sie für gute Stimmung."

Tina errötete wieder leicht, und ein überraschtes Lächeln huschte über ihr Gesicht.

„Lassen Sie sich das Gehörte gerne auf der Zunge zergehen. Morgen werden wir uns weiter damit befassen. Wichtige Fragen sind immer: ‚Wie sieht es mit Kommunikation und Wertschätzung aus?' Eine weitere Frage, die wir uns stellen, lautet: ‚Wo steht die Praxis in fünf Jahren?' Nebenbei werden wir uns natürlich auch mit dem Motto befassen." Er lächelte ermutigend in die Runde. „Das war es von meiner Seite für heute. Machen Sie sich einen schönen Abend, vielleicht verbringen Sie ihn gemeinsam? Wir sehen uns morgen früh beim Frühstück wieder."

Tina schaute auf die Uhr und war sichtlich überrascht, wie schnell der Nachmittag verflogen war. Die Einzelnen standen auf, legten ihre Fotos zurück und verließen den Raum.

Franziska sagte zu Robin: „Gemeinsam brauche ich jetzt wirklich nicht, aber hättest *du* Lust, etwas mit mir zu unternehmen? Ettlingen hat viel zu bieten."

Er sah ihr tief in die Augen: „Das lasse ich mir nicht zweimal sagen."

Frau Stiegelmaier begrüßte Ute: „Guten Morgen, ich habe schon mal ein Ingwerwasser für Sie gekocht."

„Das ist sehr aufmerksam, vielen Dank! Was wären wir hier ohne Sie! Ich kann mir gar nicht vorstellen, wie das werden soll, wenn Sie in den Ruhestand gehen."

„Dann wird hier eine jüngere Person sitzen, die zumindest digital mehr auf der Höhe ist als ich."

Ute wiegte den Kopf etwas hin und her. „Für die digitalen Fragen haben wir die EDV-Abteilung, Sie sorgen für Wohlbefinden und geordnete Abläufe." Sie ging weiter, betrat ihr Büro und fuhr den PC hoch.

Als kurz danach ihr Kollege eintraf, stutzte sie. „Seit wann trägst du eine Brille, und noch dazu ein so merkwürdiges Teil?"

„Das ist ein Pollenschutz, den habe ich mir gestern gekauft und bin jetzt mal gespannt, was er bringt. Ich habe ihn nur aufgelassen, um zu sehen, wie du reagierst, sonst trage ich ihn natürlich nur draußen."

„Na ja, wenn man mal von der sonstigen Erscheinung absieht, hat es fast etwas Sportliches."

Alex verzichtete auf einen Kommentar zu seiner Körperfülle, nahm die Brille ab und setzte sich an seinen Schreibtisch.

„Da ich ja kein Problem mit den Pollen habe, würde ich heute Nachmittag früher Schluss machen, falls nichts Dringendes reinkommt. Überstunden haben wir mehr als genug, das Wetter ist super, und ich genieße den Frühling total! Ich würde gerne eine Runde mit dem Fahrrad drehen, vielleicht zum Rhein oder durch den Oberwald, mal sehen."

„Tu dir keinen Zwang an, ich halte hier die Stellung." Es klang ein wenig resigniert.

Als Ute am Nachmittag nach Hause kam, war Herr Eberhard, der mit seiner Frau eine Etage über ihr wohnte, mit Leonie im Garten tätig.

„Na das sieht ja extrem nach Frühjahr aus! Sind Sie schon den ganzen Tag am Werkeln?"

Herr Eberhard lächelte. „Nein, Sie wissen doch, dass ich am Dienstagvormittag immer Boule spiele in der sogenannten Seniorengruppe!"

„Stimmt, daran hatte ich gar nicht gedacht. Und, hat es wieder Spaß gemacht? Diese Gruppe scheint ja sehr aktiv und rüstig zu sein, wenn ich Sie so erzählen höre."

„Genauso ist es. Ja, es war wieder ein großes Vergnügen. Ich freue mich sehr, dass ich diese Gruppe entdeckt habe. Schade nur, dass ich meine Frau nicht dafür begeistern kann, aber sie überrascht mich dann jeweils mit einem leckeren Essen, wenn ich heimkomme. Einige Spieler gehen hinterher im Lokal neben der Bahn essen, aber das kommt für mich nicht in Frage."

„Leonie, wo steckt denn Torben? Hat er keine Lust auf Gartenarbeit?" Die beiden Kinder wohnten mit ihrer Familie im Erdgeschoss des Hauses.

„Nein, er sitzt dahinten mit unserer Schildkröte." Sie deutete auf das andere Ende des Gartens. „Wir haben sie zum ersten Mal dieses Jahr aus dem Keller geholt, und jetzt will er beobachten, wie sie sich langsam wieder bewegt, wenn sie lange genug in der Sonne gesessen ist."

„Aha, da braucht er wahrscheinlich reichlich Geduld. Viel Spaß weiter beim Pflanzen, ich schwinge mich auf's Rad und fahre ein bisschen herum. Wer weiß, wann es nochmal so einen freien Nachmittag gibt!"

Florian Klein ließ den Seminartag vor seinem geistigen Auge vorüberziehen. Er hatte, wie schon am Vortag, mit den Beteiligten daran gefeilt, ihre wirklichen Gefühle ans Licht zu fördern. Dabei fiel vor allem Franziska in ihrer Position eine schwierige Rolle zu. So hatte beispielsweise Tobias große Mühe, an ihr etwas Positives zu finden. Natürlich gab er zu, dass sie auf ihrem Gebiet eine große Fachkompetenz hat, aber er blieb dabei, dass sie diese nicht ins Praktische umsetzen könne. Tina fühlte sich von ihr von oben herab behandelt und in keiner Weise wertgeschätzt. Der Einzige, der Franziska verteidigte, war Robin, aber dafür schienen persönliche Gründe verantwortlich zu sein. Es war kaum zu übersehen, dass er sich zu ihr hingezogen fühlte.

Florian Klein lehnte sich in seinem Stuhl zurück. Morgen würde er weiter daran arbeiten, aus dem Nebeneinander in der Praxis ein Miteinander werden zu lassen. Vielleicht würde es ihnen dann auch gelingen, ein neues Motto zu finden, hinter dem alle uneingeschränkt stehen könnten. Er hatte vorgeschlagen, den Tag bereits mit einem gemeinsamen Frühstück an dem für sie reservierten Tisch zu beginnen.

Im Frühstücksraum hatten es sich Robin und Tina bereits gemütlich gemacht. Emma kam herein und ging direkt zum Büffet, wo sie sich mit Käse, Müsli und Orangensaft versorgte. Brötchen, Butter, Marmelade und Honig standen auf den Tischen bereit.

„Guten Morgen, ich bin gleich wieder da." Sie stellte alles ab und holte sich noch einen Cappuccino aus der Maschine.

„Hoffentlich muss ich mir nicht wieder einen Vortrag darüber anhören, was ein gesünderer Start in den Tag wäre!"

Tina grinste, während Robin schon zu einer Antwort ausholen wollte, als Herr Klein den Raum betrat.

Er kam direkt auf den Tisch zu. „Guten Morgen, ich hoffe, dass Sie eine gute Nacht hatten und sich mit einem kräftigen Frühstück für den Endspurt bereit machen!" Er wartete keine Antwort ab, sondern ging ebenfalls zum Büffet und stellte sich einen Teller zusammen.

Wenige Minuten später erschien auch Tobias mit einem gefüllten Teller am Tisch. „Das Frühstück ist für mich die Grundlage für den Tag. Ich verstehe nicht, dass es Leute gibt, die sich mit einer Tasse Kaffee zufriedengeben können."

Mit einem Blick auf die Uhr fragte Herr Klein: „Wo bleibt denn Frau Baum?"

Die anderen blickten auf. Robin sagte: „Stimmt, sie ist eigentlich immer sehr pünktlich, im Zweifelsfall eher zu früh als zu spät. Ich schaue mal nach ihr."

Er wischte sich mit der Serviette den Mund ab, legte sie beiseite, stand auf und verließ den Raum.

Die Zeit verging, Herr Klein wurde unruhig. „Wo bleiben die beiden denn? Ich gehe kurz hoch."

Als er den Speiseraum verließ, sah er Robin kreidebleich in einem Sessel im Foyer sitzen. Er ging auf ihn zu. „Geht es Ihnen nicht gut? Sie haben ja keinerlei Farbe mehr im Gesicht."

Robin rang mit der Fassung. „Sie hat die Tür nicht geöffnet, deshalb bin ich zur Rezeption gegangen und habe um eine Karte für das Schloss gebeten. Die Frau, die Dienst hat, hat zunächst versucht, im Zimmer anzurufen. Als niemand abnahm, war sie erst zögerlich, weil die Privatsphäre des Gastes hohe Priorität hat."

Herr Klein war irritiert. „Aber wir sind doch hier zu einem Seminar und nicht zur Erholung! Entschuldigung, aber das kann Sie nicht derart aus der Bahn geworfen haben."

Robin nahm den Faden wieder auf: „Sie ging dann doch mit mir zum Zimmer und hat geöffnet. Franziska war nicht da, das Bett war völlig unberührt. Da bin ich voll Panik raus in den Garten gerannt. Ich war gestern Abend mit Franziska in einer der kleinen Lauben. Da sind wir lange gesessen, es war schon dunkel, wir hatten nur Licht von einer Kerze in einem Glas."

Er stockte. Da Herr Klein den Eindruck hatte, dass ihm das Sprechen guttat, drängte er ihn nicht, obwohl seine innere Unruhe inzwischen beträchtlich zugenommen hatte.

„Irgendwann hat sie mich weggeschickt und wollte noch eine Weile alleine sein." Seine Stimme wurde schwach, er schlug sich die Hände vors Gesicht. „Da muss es passiert sein... So habe ich sie vorhin gefunden und bin wie automatisch zurück zur Rezeption gerannt."

Obwohl Herr Klein sich noch immer kein klares Bild der Situation machen konnte, legte er beruhigend die Hand auf den Arm von Robin. „Jetzt versuchen Sie erstmal, sich zu beruhigen!"

Er stand auf, ging zu der Dame an der Rezeption, laut Namensschild Frau Rath, und schaute sie fragend an.

Sie bemühte sich, so gefasst wie möglich aufzutreten, obwohl es ihr sichtlich schwerfiel. „Herr Jehlig war völlig aufgelöst. Zum Glück habe ich unseren Gärtner gesehen, den habe ich mit ihm nach draußen zurückgeschickt, und er hat dann berichtet, dass Frau Baum blutüberströmt in der Laube liegt – höchstwahrscheinlich ist sie tot!"

Herr Klein war wie elektrisiert. „Tot und blutüberströmt? Sie sprechen jetzt nicht von Mord, oder?"

„Ich hätte nie gedacht, dass so etwas mal in unserem Haus passieren würde! Ich habe die Polizei und den Rettungsdienst informiert. Es kommt gleich ein Rettungswagen und ein Notarzt. Vielleicht warten Sie im Speisesaal, ich gebe Ihnen dann Bescheid."

Herr Klein fühlte sich, als ob ihm der Boden unter den Füßen weggezogen worden wäre. Er bedankte sich, ging zurück zu Robin, half ihm auf und führte ihn zurück zu den anderen Teilnehmern.

Ute nahm den Anruf des Notarztes entgegen, hörte seiner kurzen Schilderung konzentriert zu, notierte die Adresse und bedankte sich. Sie wandte sich an Alex: „Todesbescheinigung mit dem Vermerk ‚Anhalt für nicht natürlichen Tod' im neuen Ettlinger Tagungshaus. Der Polizeiarzt wurde bereits mit der Todesfeststellung betraut, ich informiere die Spusi, dann können wir uns auf den Weg machen."

Alex warf als erstes einen Blick durch das Fenster, stöhnte leise auf und nahm seine neue Pollenschutzbrille aus der Schublade.

„Das ist nicht dein Ernst! Dieses Ding kannst du in der Freizeit aufziehen, aber doch nicht bei einem offiziellen Einsatz."

Mit einem kurzen Seufzer nahm er seine Schneekugel mit dem Kölner Dom, schüttelte sie kräftig und beobachtete im Aufstehen die fallenden Schneeflöckchen – sein Beruhigungsritual. „Ich bin bereit."

Im Vorbeigehen bat Ute Frau Stiegelmaier, das Kriseninterventionsteam zu informieren und jemanden zum Tagungshaus zu schicken.

Wenige Minuten später saßen die beiden Kommissare im Auto und fuhren in Richtung Ettlingen. Alex stellte den Wagen auf dem großzügigen Parkplatz vor dem Haus ab. Kaum war er ausgestiegen, überfiel ihn eine kurze, aber kräftige Niesattacke. Er warf seiner Kollegin einen Blick zu, putzte die Nase und tupfte die Augen ab.

Im Foyer wandte sich Ute an die Empfangsdame, erfasste mit raschem Blick ihren Namen und zeigte ihren Ausweis. „Frau Rath, wir wurden benachrichtigt."

Die Dame unterbrach sie: „Gut, dass Sie so rasch kommen konnten. Sie haben ja schon gesehen, was im Garten los ist, das Team vom Rettungswagen ist noch draußen bei der Laube, in der es passiert ist. Sie wollten warten, bis Sie hier sind. Und die Gruppe, zu der Frau Baum gehörte, sitzt im Speisesaal."

„Danke, dann schauen wir zunächst mal raus." Sie richtete sich an Alex, der durch die offene Tür des Speisesaals einen Blick auf das Büffet geworfen hatte: „Kommst du?"

Im Garten war die Laube mit einem rot-weißen Absperrband weitläufig umspannt. Franziska lag auf dem Boden, unter sich eine dicke Wolldecke, die reichlich Blut aufgesaugt hatte. Auf dem kleinen Tischchen standen eine Kerze und ein Weinglas.

Nachdem sich die beiden Kommissare kurz vorgestellt hatten, sagte der Notarzt: „Sieht nicht nach einem Kampf aus, der Überraschungsmoment muss auf der Seite des Täters oder der Täterin gelegen haben. Ein paar grobe Einstiche, vermutlich mit einem großen Küchenmesser, aber Genaueres wird die Obduktion ergeben. Benötigen Sie uns noch?"

In diesem Moment kamen Gerd und ein Kollege mit ihren Koffern zum Tatort. An ihren weißen Overalls waren sie leicht als Mitarbeiter der Spurensicherung erkennbar.

Ute wandte sich kurz an Gerd. „Wir brauchen uns ja nicht abzusprechen, ihr wisst selbst, auf was ihr zu achten habt. Falls Ihr ein Smartphone oder etwas Ähnliches findet, würdet ihr es dann direkt den EDV-lern vorbeibringen?"

Gerd zwinkerte ihr zu: „Wir würden vorher noch die Fingerabdrücke nehmen, aber danach gerne."

Ute hob dankbar den Daumen, sie schätzte den Kollegen und seine Arbeit sehr.

Alex wollte so schnell wie möglich wieder ins Innere des Hauses. Er bedankte sich in die Runde und nickte Ute zu, die ihm in Richtung Foyer folgte. Sie fragte die Empfangsdame: „Sie haben vorhin von der Gruppe gesprochen, zu der Frau Baum gehörte. Was ist das für eine Gruppe?"

„Es ist ein Team, das zu einem Coaching hier ist. Am besten sprechen Sie mit Herrn Klein, er ist der

Coach. Gefunden wurde Frau Baum von Herrn Jehlig, aber der ist mit den Nerven völlig am Ende."

„Aber dann ist er eventuell derjenige, der am ehesten weiß, ob es Angehörige gibt, die informiert werden müssen. Wir finden ihn im Speisesaal, sagten Sie?"

Frau Rath nickte, und Ute ging durch die offene Tür. Es war nicht schwer zu erkennen, wer Herr Jehlig sein musste. Sie ging direkt auf ihn zu, Alex folgte ihr und konnte den Blick nur schwer vom Büffet wenden.

Als Ute Robin ihren Ausweis zeigte und ihn ansprach, schaute er von seinem Stuhl zu ihr hoch, aber sein Blick schien durch sie hindurch zu gehen.

„Herr Jehlig, ich bin Ute Becker von der Kripo und habe zunächst nur eine kurze Frage, bevor wir nachher tiefer ins Gespräch kommen. Können Sie uns sagen, ob Frau Baum Angehörige hatte?"

Robin räusperte sich und antwortete mit leicht erstickter Stimme: „Sie hat einen Noch-Ehemann. Sie gehen auf die Scheidung zu. Und sie hat auch mal etwas von einem Bruder erzählt, mehr weiß ich nicht."

„Heißt dieser Noch-Ehemann auch Baum, oder hat er einen anderen Namen? Und wissen Sie zufällig, wo er wohnt?"

„Ja, er heißt auch Baum, aber wo er wohnt, weiß ich nicht, auch nicht, wo der Bruder wohnt."

„Gut, danke! Dann sprechen wir nachher weiter."

Die beiden Kommissare verließen den Speisesaal und gingen zurück zur Rezeption, wo neben Frau Rath ein großer schlanker Mann mit lockigem Haar stand. Er trug Jeans, ein weißes Hemd und einen grauen Blazer, sein Blick durch die goldumrandete Brille war ernst.

„Ich darf mich kurz vorstellen: Mein Name ist Grieser, ich bin der Chef des Hauses, Frau Rath hat mich informiert. Wenn wir Sie in irgendeiner Weise unterstützen können, sagen Sie es gerne Frau Rath, sie hat mein ganzes Vertrauen, aber nun will ich Sie nicht länger von Ihrer Arbeit abhalten."

Ute bedankte sich und nachdem sich Herr Grieser zurückgezogen hatte, wandte sie sich an die Empfangsdame: „Frau Rath, Sie sprachen von einem Coach – das ist gut, dann hat die Gruppe wenigstens eine gewisse Betreuung. Unabhängig davon haben wir das Kriseninterventionsteam benachrichtigt. Es wird also bald jemand kommen, den Sie dann bitte zu der Gruppe bringen."

Frau Rath nickte dankbar und erleichtert. „Der Gedanke, dass sich jemand um diese Gruppe kümmert, ist für mich eine gewaltige Entlastung. Das Ganze hat mir fast den Boden unter den Füßen weggezogen. Dazu kommt dann noch die Verantwortung den Gästen gegenüber. Man weiß ja nie, was ein Tag mit sich bringt, aber mit so etwas rechnet man nun wirklich überhaupt nicht! Wenn man das im Fernsehen sieht, hat man nicht die geringste Vorstellung, wie sich das in der Wirklichkeit anfühlt!"

„Das kann ich für Ihre Situation nachvollziehen. Fühlen Sie sich denn schon in der Lage, uns ein Stück weiterzuhelfen, zum Beispiel mit einem Raum, in dem wir mit den Personen einzeln sprechen können? Haben Sie etwas entsprechendes?"

„Ja, es geht schon, und wir haben einen kleinen Besprechungsraum, den Sie nutzen können. Ich komme kurz mit und zeige ihn." Routinemäßig stellte sie ein kleines Schild auf den Tresen „Bin sofort zurück, einen Augenblick Geduld bitte" dann ging sie mit raschen Schritten auf eine der Türen im Flur zu und öffnete sie. Die beiden Kommissare schauten sich in dem Raum um: ein kleiner Tisch mit einem Stuhl, vier graue Sessel, eine Regalwand mit einigen Büchern und eine Ecke mit Getränken.

Ute lächelte Frau Rath zu: „Das ist perfekt. Geben Sie uns noch ein paar Minuten und schicken uns dann bitte Herrn Klein? Ich gehe davon aus, dass wir hier ungestört sind."

„Selbstverständlich! Und wenn Sie etwas brauchen, lassen Sie es mich wissen." Sie verließ den Raum.

Ute rief Frau Stiegelmaier an und bat sie herauszufinden, wo Herr Baum wohnt, wie der Bruder von Franziska heißt, und auch seine Adresse ausfindig zu machen.

Kurz nach ihrem Telefonat klopfte es und die Tür öffnete sich. Herr Klein trat ein und stellte sich vor.

Ute ging auf ihn zu und reichte ihm die Hand. Sie hatte den Eindruck, dass sein sicheres Auftreten, das er zeigte, mit seiner Professionalität zusammenhing.

„Ute Becker, das haben Sie ja gerade schon im Speisesaal gehört, und das ist mein Kollege Alex Weingärtner." Sie bat ihn, Platz zu nehmen, setzte sich dann selbst in einen der Sessel und holte aus ihrem Rucksack ihr schwarzes Notizbuch.

„Herr Klein, es ist etwas Furchtbares passiert, und Sie sind bestimmt schockiert, aber bevor wir darauf zu sprechen kommen, wäre es eine Hilfe für uns, wenn Sie uns kurz berichten könnten, was für eine Veranstaltung das hier ist, damit wir die Beteiligten besser einschätzen können."

Er nickte und schaute die beiden Kommissare einen Augenblick an. „Frau Ahrendt hat eine große Physiotherapiepraxis in Heidelberg und eine kleinere in Karlsruhe. Sie selbst ist nur ganz selten dort, hat aber bemerkt, dass es zwischen den Mitarbeitern Spannungen gibt. Deshalb hat sie bei mir nachgefragt, ob ich ein Coaching anbieten könnte, in dem es einerseits um Teambuilding geht und andererseits um Kundenorientierung. So wollte sie quasi zwei Fliegen mit einer Klappe schlagen und den Mitarbeitern auch nicht so deutlich vermitteln, dass sie spürt, dass es etwas knistert." Sein Blick verriet, dass er sich vergewissern wollte, ob die beiden Kommissare verstanden, was er sagen wolle.

Alex fragte: „Und wie hat sie das den Mitarbeitern verkauft? Es ist ja schon ungewöhnlich, dass eine ganze Praxis während der Woche schließt."

„Sie wollte nicht, dass ihre Angestellten ein freies Wochenende opfern müssen. Damit wollte sie Wertschätzung äußern und verband es mit dem Auftrag, sich Gedanken über das Motto und die gesamte Außendarstellung zu machen. Bisher lautet das Motto ‚Gesund und fit bis ins hohe Alter'. Sie fragte sich, ob das noch zeitgemäß sei und wollte die Mitarbeiter in die Überlegungen einbeziehen."

Ute schaute von ihren Notizen auf. „Wie haben es die Angestellten aufgenommen? Und wie lief das Seminar bisher?"

Herr Klein lächelte, er wirkte sichtlich entspannter als zu Beginn der Unterhaltung. „Nun, wissen Sie, so ein Seminar ist ja zunächst mal eine Unterbrechung des Arbeitsalltags und die Thematik interessant. Es ist auch etwas anderes, wenn man sich nicht auf dem vertrauten Terrain begegnet und in gewohnte Muster verfällt. Von daher war die Stimmung recht gelöst. Die Rahmenbedingungen hier tun natürlich ein Übriges, sowohl was dieses neue Tagungshaus anbelangt, als auch Ettlingen mit seinem Charme, den Cafés und Restaurants."

„Hat sich während der Zeit hier etwas angebahnt? Gab es Streit oder eine Auseinandersetzung? Fühlte sich jemand angegriffen? Konnten Sie etwas wahrnehmen, das sich jetzt im Nachhinein als merkwürdig herausstellt?"

„Dass Robin Jehlig sich sehr um Franziska Baum bemühte, ist mir relativ schnell aufgefallen. Ich weiß natürlich nicht, ob das in der Praxis offen gezeigt wird, denn immerhin war Frau Baum verheiratet. Andererseits habe ich ihren Worten entnommen, dass sie auf ihre Scheidung zu lebt."

Er machte eine kleine Pause, bevor er fortfuhr: „Deutlicher spürbar war die Spannung zwischen Frau Baum und Tobias Demski, allerdings nur, wenn es um ihr direktes Aufgabenfeld ging. Frau Baum ist Ernährungsberaterin und hat sich auf den Bereich basische und vegane Ernährung spezialisiert. Herr Demski würde wohl manches anders machen, wenn man ihm die Möglichkeit böte. Er ist als Koch zuständig für die Kochworkshops, die regelmäßig angeboten werden und hat den Eindruck, dass das den Kunden deutlich mehr Spaß macht als die Theorie, die Frau Baum vermittelt. Wenn ich seine Worte richtig interpretiere, ist er der Meinung, dass sie vom Kochen wenig Ahnung hat und mit der Theorie nur ihre Kompetenz heraushängen will."

Wieder hielt er kurz inne. „Mit den beiden Physiotherapeuten ist es ähnlich. Sie benehmen sich wie Konkurrenten, was eigentlich nicht nötig wäre, denn jeder hat seine eigenen Patienten und kann sie nach dem jeweiligen Verständnis behandeln. Wenn Sie die beiden sehen, fällt Ihnen schon rein äußerlich der Unterschied auf: Sie hat so etwas wie einen zeitlosen Chic, und er kommt mit einer löchrigen Jeans und Männerdutt daher, sehr gepflegt, aber doch irgendwie speziell, Sie haben ihn ja gerade schon gesehen. Ich muss zugeben, dass ich damit einfach nichts anfangen kann und finde, dass er eigentlich nicht zu Frau Baum passt, aber vielleicht war das gerade für sie anziehend. Und dann ist zum guten Schluss noch Tina Schwarz da, die für die ganze Organisation, Einbestellung, Abrechnung und den Schriftkram zuständig ist. Sie fühlt sich wohl nicht als gleichwertiges Glied des Teams, obwohl die anderen ohne sie völlig überfordert wären. Sie hat den Eindruck, dass sie nur als eine Art Zuarbeiter gesehen wird, aber keinen wirklichen Nutzen für die Kunden bietet, obwohl gerade sie einen wichtigen Posten im Empfangsbereich hat. Von Frau Baum fühlte sie sich oft von oben herab behandelt, es muss auch einige Male eskaliert sein."

Vielen Dank, Sie haben uns einen guten Überblick verschafft. Nun zu Ihnen selbst, ich frage ganz direkt: Wo waren Sie gestern Abend?"

Herr Klein schaute Ute irritiert an. „Ich? Ich war in meinem Zimmer und habe mich auf den nächsten Tag vorbereitet. Sie müssen wissen, dass man in einem solchen Seminar nicht mit vollständig ausgearbeitetem Material arbeiten kann, da sich nächste Schritte immer aus dem entwickeln, was man gemeinsam erarbeitet hat."

„Und ich gehe recht in der Annahme, dass das niemand bestätigen kann?"

„Um konzentriert arbeiten zu können, bin ich am liebsten alleine. Ich kann ja nicht ahnen, dass sich im gleichen Haus ein Mord ereignet und ich einen Zeugen für meine Unschuld brauche." Er war im Ton etwas lauter geworden.

„Beruhigen Sie sich, auch wir machen nur unsere Arbeit, und da gehört es dazu, alle Möglichkeiten in Betracht zu ziehen, selbst wenn sie noch so unwahrscheinlich scheinen. Das war es für den Moment. Wenn wir weitere Fragen haben, wenden wir uns gerne wieder an Sie, Sie haben uns wirklich sehr geholfen. Und wenn Ihnen noch etwas einfällt – hier meine Karte." Sie reichte ihm ein Visitenkärtchen und sagte mit einem freundlichen Lächeln: „Würden Sie uns nun bitte Herrn Jehlig schicken?"

Herr Klein bemühte sich um ein gefasstes Auftreten. „Und wie soll das jetzt hier weitergehen? Einerseits kann ich mit unserem Seminar nicht einfach weitermachen, als ob nichts geschehen wäre, andererseits habe ich einen Arbeitsauftrag."

„Am besten wäre es, wenn Sie das mit Frau Ahrendt besprechen würden, aber es ist natürlich nicht Ihre Aufgabe, sie über die Situation zu unterrichten. Wenn Sie uns ihre Telefonnummer und Adresse geben, schicken wir die Heidelberger Kollegen zu ihr, danach können Sie das weitere Vorgehen mit ihr abstimmen."

Herr Klein nahm sein Tablet zur Hand und diktierte kurz darauf die gewünschten Daten, die Ute in ihr Notizbuch schrieb.

„Vielen Dank, wir geben Ihnen Bescheid, sobald die Kollegen bei Frau Ahrendt waren. Geben Sie uns ein paar Minuten, um in Heidelberg anzurufen und schicken Sie uns dann Herrn Jehlig."

Herr Klein nickte und verließ den Raum.

Ute nahm ihr Smartphone wieder zur Hand, wählte die gespeicherte Nummer in Heidelberg und sagte, während sie auf den Kontakt wartete: „Früher war das alles schon sehr viel umständlicher als heute, aber ganz will ich trotzdem nicht auf digital umsteigen."

Bevor Alex etwas erwidern konnte, hatte sich ein Kollege gemeldet, dem Ute den Sachverhalt berichtete und ihn bat, mit Frau Ahrendt zu sprechen und sich danach wieder zu melden.

„Ja, da hat Herr Klein Vorsprung dir gegenüber! Meinst du, der könnte tatsächlich etwas mit dem Mord zu tun haben? Ich kann mir das kaum vorstellen." Alex schaute seine Kollegin zweifelnd an.

„Dir ist schon klar, dass es die merkwürdigsten Konstellationen gibt? Aber im Ernst: So richtig kann ich ihn mir auch nicht als Mörder vorstellen, zumal er auf mich den Eindruck macht, in diesem Praxisteam wirklich Positives bewirken zu wollen."

„Kann ihm die Chefin, die ihn angeheuert hat, eigentlich die Bezahlung verweigern, wenn er das Seminar abbricht?"

Bevor Ute antworten konnte, klopfte es flüchtig an der Tür, danach wurde sie geöffnet. Die Beschreibung entsprach genau den Worten von Herrn Klein: ein schlanker junger Mann mit dunklen Haaren, in der Mitte des Kopfes zu einem kleinen Dutt zusammengebunden, Jeans mit mehreren Schlitzen und Löchern, darüber ein grauer Pullover, die Ärmel etwas hochgekrempelt.

Ute bat Robin, Platz zu nehmen. „Herr Jehlig, Sie stehen bestimmt noch unter Schock, aber vielleicht ist es Ihnen doch möglich, ein paar Fragen zu beantworten. In welcher Beziehung standen Sie zu Frau Baum, und wie verlief der gestrige Abend?"

Robin biss sich auf die Lippe und schaute an Ute vorbei an die Rückwand des Raumes. Er atmete tief durch. „Franziska und ich… wie soll ich sagen? Wir haben uns in der letzten Zeit angenähert. Sie lebt jetzt schon ungefähr ein dreiviertel Jahr von ihrem Mann getrennt und war offen für eine neue Beziehung." Er schluckte. „Wir haben den gestrigen Abend miteinander verbracht. Sie wollte gerne in einer der Lauben sitzen und den Tag bei einem Glas Wein ausklingen lassen."

Alex unterbrach ihn: „War es denn dafür nicht zu kalt? Und es wird ja auch früh dunkel."

Robin wandte ihm den Blick zu. „Wir haben uns Decken geben lassen. Man kann auch einen Fußsack bekommen, aber das war Franziska nicht romantisch genug. Und zur Beleuchtung genügte eine Kerze in einem Glas. Ja, so saßen wir beieinander." Er machte eine kleine Pause. „Dann hat sie mich weggeschickt und wollte noch eine Weile alleine bleiben und ihren Gedanken nachhängen."

„Wann war das?"

„Kurz nach neun. Es war schon dunkel, ich wollte sie nicht alleine lassen, aber wenn sie sich etwas in den Kopf gesetzt hat, ist man machtlos. Und ich konnte ja nicht ahnen, dass ihr etwas zustoßen würde!"

Er knetete seine Hände und schaute wieder zu der Wand. „Ich hatte heute Morgen gleich ein komisches Gefühl, als sie nicht pünktlich zum Frühstück kam, das passt überhaupt nicht zu ihr. Aber mit so etwas habe ich natürlich nicht gerechnet." Er zog die Augenbrauen etwas zusammen. „Komisch war, dass der Gärtner sie kannte, das wird mir gerade erst bewusst. Wir haben ihn gestern Abend getroffen, als wir zur Laube gegangen sind."

Ute blickte von ihrem Notizbuch auf. „Wie darf ich das verstehen?"

Robin antwortete nicht sofort. „Wir sind ihm begegnet, er hatte wohl Feierabend, zumindest trug er keine Arbeitskleidung, es war ja auch viel zu spät. Keine Ahnung, warum er noch da war."

„Sie sind ihm also begegnet...?"

„Ja, er war überrascht, als er uns gesehen hat und hat gesagt: ‚Oh, hallo Franziska!' Sie war mindestens genauso überrascht und antwortete: ‚Hallo Frank, was machst *du* denn hier?' Er hat erwidert, dass er Landschaftsgärtner ist und hier alles in Schuss hält. Darauf sie: ‚Na dann, noch einen schönen Abend!', und damit hat sie ihn stehenlassen."

„Haben Sie bei ihr nachgefragt, was das zu bedeuten hatte?"

„Natürlich, es war ja schon ein wenig merkwürdig. Sie wollte nicht groß darauf eingehen und hat nur kurz erzählt, dass sie ihn von früher kenne, und er sich mal für sie interessiert habe. Dann sagte sie sehr bestimmt: ‚Lass die Vergangenheit ruhen, es zählt allein die Gegenwart!' In seiner Arbeitskleidung sah er vorhin natürlich anders aus, und ich war ja auch völlig neben der Spur, aber wenn ich so drüber nachdenke, ist es schon ein komischer Zufall."

„Hatten Sie den Eindruck, dass Franziskas Ablehnung etwas in ihm ausgelöst hat?"

Er zuckte mit den Schultern. „Das kann ich nicht sagen, darauf habe ich nicht geachtet. Ich hatte mich ja einfach auf den Abend mit Franziska gefreut und war ganz froh, dass sich da nicht noch ein größeres Gespräch entwickelt hat."

„Dann lassen wir das mal so stehen. Fällt Ihnen noch etwas ein, das von Bedeutung sein könnte?"

Robin dachte einen Augenblick nach und schüttelte dann den Kopf. „Nein."

Ute nahm eines ihrer Visitenkärtchen und reichte es ihm. „Falls Ihnen doch noch etwas in den Sinn kommt, was uns weiterhelfen könnte, melden Sie sich einfach. Vielen Dank für den Moment. Schicken Sie uns bitte Herrn Demski?"

Nachdem Robin den Raum verlassen hatte, schaute Alex auf die Uhr und wandte sich an seine Kollegin: „Ich frage nur, weil du selten ein Hungergefühl verspürst: Wollen wir das hier in einem Stück durchziehen, oder meinst du, wir könnten zwischendurch im Speisesaal vorbeischauen?"

Ute schmunzelte. „Du verblüffst mich immer wieder. Ich denke, um die Mittagszeit können wir schon eine Pause machen, aber bis dahin ist es ja noch eine ganze Weile..."

Das Wort wurde ihr durch ein kräftiges Klopfen abgeschnitten, die Tür öffnete sich, und ein gutaussehender Mann trat ein. Ute schätzte ihn auf Mitte vierzig: „Herr Demski?"

„Ja, Tobias Demski. Ich bin der Koch, aber das ist Ihnen vermutlich bekannt."

Sie nickte. „Nehmen Sie doch bitte Platz und schildern uns, wie Ihr Verhältnis zu Franziska Baum war und auch, was Sie gestern Abend gemacht haben."

Er schaute die beiden Kommissare direkt an und antwortete mit klarer Stimme: „Ich habe Franziska im Blick auf ihre Fachlichkeit sehr geschätzt, aber sie hatte meiner Meinung nach kein pädagogisches Geschick. Sie hatte so etwas Oberlehrerhaftes, und das kommt bei den Kunden nicht besonders gut an. Ich habe ihr oft vorgeschlagen, ob wir die Vorträge nicht gemeinsam gestalten könnten, aber sie hatte wohl Sorge, dass sie da beim Publikum den Kürzeren zieht. Und so gab es dann halt die Trennung von Theorie und Praxis, und ich musste ihre Worte in der Küche veranschaulichen, was den Kunden im Allgemeinen sehr viel Spaß gemacht hat. Ich hätte manches anders aufgebaut, aber sie war nicht offen für Kritik von meiner Seite."

„Dann haben Sie ja jetzt ganz neue Möglichkeiten!" In der Stimme von Alex lag eine gewisse Herausforderung.

Tobias zögerte: „Das weiß ich nicht. Es ist ja die Frage, ob überhaupt alles weitergehen wird wie bisher, oder ob Frau Ahrendt ganz neue Pläne macht." Nach einer kurzen Pause fuhr er fort: „Wenn die Praxis weitergeführt wird, hätte ich schon Ideen und würde im Blick auf Ernährung das Spektrum etwas erweitern. Es gibt so viele Unverträglichkeiten…"

Ute unterbrach ihn: „Kommen wir zurück zum gestrigen Abend. Wo und wie haben Sie ihn verbracht?"

„Ich war auf ein Bier im Vogelbräu."

„Kann das jemand bestätigen?"

„Es war unglaublich viel los. Ich kann mir nicht vorstellen, dass sich da jemand an mich erinnert, zumal ich ja nur bestellt und bezahlt habe. Ich habe niemanden in ein Gespräch verwickelt, saß nur mit meinem Bier da, also warum sollte ich aufgefallen sein?"

„Gegessen haben Sie nichts?" fragte Alex ungläubig.

„Man hatte uns hier bereits über ein Catering versorgt."

„Saßen Sie oben oder unten?"

Ute war irritiert, ihre Augenbrauen gingen etwas in die Höhe, sie schaute ihren Kollegen fragend an.

„Oben."

Ute übernahm wieder. „Gut, das war also Ihr Abend. Fällt Ihnen noch etwas zu Frau Baum ein, das uns weiterhelfen könnte? Sie haben ja eng mit ihr zusammengearbeitet. Gab es Dinge, die aus der jetzigen Sicht belastend sein könnten? Hatte Sie Feinde?"

Tobias wiegte den Kopf. „Unsere Beziehung war rein beruflicher Natur. Sie war von sich absolut überzeugt, das hat ein Miteinander nicht leicht gemacht. Ich kann mir vorstellen, dass es noch mehr Leuten so ging wie mir. Sie hat Spanisch an der Volkshochschule gelernt und wollte im Herbst sechs Wochen nach Südamerika, aber das hilft wahrscheinlich nicht weiter."

„Wer weiß? Es ist wie bei einem Puzzle: Erst wenn alle Teile auf dem Tisch liegen, ergibt sich ein Bild. Schicken Sie uns als nächstes bitte die Kollegin von Herrn Jehlig?"

„Und können wir jetzt gehen, oder wie geht es hier weiter?"

„Wir warten noch auf eine Rückmeldung von Frau Ahrendt und geben dann Bescheid."

„Aha, also dann." Damit stand Tobias auf, nickte den beiden Kommissaren kurz zu und verließ den Raum.

Alex schüttelte den Kopf. „War im Vogel und hat nichts gegessen! Gegen die Speisekarte dort kommt doch so ein exquisites Catering nicht an!"

„Beruhige dich, er ist Koch, da sollte er wissen, wann, wo und was er zu essen hat. Was denkst du sonst über ihn?"

„Na ja, so eine Änderung des Kurses hat schon einen gewissen Reiz, und dem eigenen Ego hilft es auch, wenn da nicht immer eine dominante Frau das

Sagen hat. Ich würde ihn durchaus auf der Liste der Verdächtigen stehen lassen."

Ute wusste nicht so recht, wie sie es sagen sollte: „Dein Ego leidet hoffentlich nicht unter einer gewissen Kollegin?"

Er zwinkerte ihr zu: „Manchmal stutzt sie mich ein bisschen zurecht, aber im Großen und Ganzen kann man super mit ihr zusammenarbeiten. Nein, ich würde sie auf keinen Fall umbringen."

„Da bin ich ja erleichtert."

In diesem Moment läutete das Telefon. Es meldete sich der Kollege aus Heidelberg und berichtete, dass sie Frau Ahrendt informiert haben und dass sie sich direkt an Herrn Klein wenden wolle, um das weitere Vorgehen zu besprechen.

Einige Minuten später klopfte es, die Tür ging auf, und Herr Klein kam mit einer jungen Frau herein.

„Entschuldigung, Sie wollten als nächstes mit Frau Lauter sprechen – das ist sie. Inzwischen hat mich allerdings Frau Ahrendt erreicht. Sie wollte es der Gruppe überlassen, den weiteren Tag zu gestalten, das Coaching wird unterbrochen und zu einem späteren Zeitpunkt fortgeführt. Die Teilnehmer haben einheitlich entschieden, dass wir die nächsten Stunden gemeinsam verbringen, auch mit den Leuten des Kriseninterventionsteams zusammen. Deshalb wäre es ein Entgegenkommen, wenn Sie die beiden restlichen Gespräche verschieben könnten."

Ute war überrascht: „Jeder von uns hat ein berechtigtes Anliegen. Ich finde es bemerkenswert, wie Sie sich für die Mitarbeiter einsetzen, aber in diesem Punkt kann ich Ihnen leider nicht entgegenkommen, denn die Befragten sollten möglichst alle die gleiche Ausgangslage haben. Morgen sieht Manches vielleicht schon ganz anders aus, erste Eindrücke sind überlagert."

Sie ließ ihre Worte wirken und fuhr dann fort: „Außerdem haben Sie selbst bemerkt, dass die Befragung nicht allzu viel Zeit in Anspruch nimmt. Die beiden Damen sind bald wieder zurück in der Gruppe."

Herr Klein versuchte, ein Lächeln zustande zu bringen. „Verstehe! So habe ich das gar nicht gesehen, obwohl man das ja aus Krimisendungen im Fernsehen oder aus Büchern wissen sollte. Ich stelle fest, dass sich das alles im wirklichen Leben völlig anders anfühlt als im Fernsehsessel. Grundsätzlich war mir das natürlich vorher schon klar, aber dass es eine so total andere Welt sein kann, hätte ich nicht gedacht. Also entschuldigen Sie bitte meinen Vorstoß!"

„Schon gut."

Er verließ den Raum und ließ Emma Lauter zurück.

Emma trug ein bunt gemustertes Kleid, ein Jeansjäckchen, dunkle Leggings und kurze schwarze Stiefel. Eine freche Kurzhaarfrisur verlieh ihr zusätzlich ein jugendliches Aussehen. Sie nickte den beiden Kommissaren zu und nahm Platz.

„Frau Lauter, geben Sie uns einen kleinen Einblick in Ihr Arbeitsfeld. Und wie war das Miteinander mit Frau Baum aus Ihrer Sicht?"

„Dass ich als Physiotherapeutin arbeite, ist Ihnen bekannt. Ich liebe meine Arbeit und auch den Freiraum, den ich in der Praxis habe. Robin hat in mancher Hinsicht andere Vorstellungen als ich, aber wir haben irgendwann entschieden, dass am besten jeder seinen eigenen Weg geht und sich nicht reinreden lässt."

Alex schaute interessiert: „Wie muss ich mir das vorstellen, dass jeder seinen eigenen Weg geht? Gibt es da keine Behandlungsstandards?"

Emma lächelte. „Natürlich gibt es die, aber es ist ein großer Unterschied, ob ich mir zuerst ausführlich anhöre, was der Patient oder die Patientin zu sagen hat, oder ob ich gleich mit einem Übungsprogramm starte."

„Lassen Sie mich raten: Sie sind die Zuhörerin?"

„Exakt, und das hat schon manches Mal den Übungsplan beeinflusst, weil mir etwas aufgefallen ist, was sich rein körperlich nicht so dargestellt hat."

Die nächste Frage kam von Ute: „Gab es Berührungspunkte mit Frau Baum?"

„Von meiner Seite eher weniger, unsere Chemie stimmte nicht wirklich überein. Robin hat den Kontakt zu ihr gesucht und seiner Meinung nach auch gefunden…"

„Das klingt jetzt nicht gerade überzeugend."

„Ich bin mir nicht sicher, ob er für sie nicht nur ein vorübergehender Zeitvertreib war. Das würde er natürlich vehement abstreiten, aber aus manchen Bemerkungen von ihr habe ich etwas herausgehört, das mich stutzig gemacht hat. Einmal habe ich ihn darauf angesprochen, aber er hat es weit von sich gewiesen. Ich hatte nichts anderes erwartet, aber ich wollte ihn wenigstens ein bisschen sensibilisieren."

„Und Sie sind sicher, dass Sie ihn nicht einfach nur verunsichern wollten? Sie haben ja selbst gesagt, dass Sie nicht immer einer Meinung waren."

Emmas Antwort hatte einen empörten Unterton: „Schon, aber das heißt nicht, dass ich ihn sehenden Auges in sein Unglück rennen lasse!"

„Meinen Sie, dass er daraufhin in der Begegnung mit Frau Baum etwas vorsichtiger wurde?"

„Ich glaube, er war sich seiner Sache zumindest nicht mehr so sicher wie zuvor."

„Wie haben Sie die beiden in diesem Seminar hier erlebt?"

„Robin hat Franziska verteidigt, wenn sie von anderer Seite angegriffen wurde, und sie hatte dann, zumindest für mein Empfinden, etwas Siegessicheres in ihrer Mine, und zugleich wirkte es auf mich irgendwie spöttisch – als würde sie ihn nur benutzen."

„Wenn ich es zuspitze: Könnte es sein, dass es gestern Abend zu einer Eskalation gekommen ist?"

Emma zögerte: „Genau das habe ich mich auch schon gefragt."

„Ihnen ist klar, dass Sie mit dieser Aussage Ihren Kollegen in einer gewissen Weise belasten?"

„Das will ich nicht, aber ich kann den Gedanken nicht völlig ausschließen, obwohl ich mir überhaupt nicht vorstellen kann, dass es von Robins Seite zu Handgreiflichkeiten kommen könnte... höchstens im Affekt."

„Danke für Ihre Offenheit. Sollte Ihnen in den nächsten Tagen noch etwas auffallen oder in den Sinn kommen, melden Sie sich einfach bei uns. Wissen Sie schon, wie es in der Praxis weitergeht?"

„Wir haben mit Frau Ahrendt besprochen, dass die Praxis den Rest der Woche geschlossen bleibt. Es gibt so Vieles zu überlegen und neu zu organisieren."

„Gut, dann gehen Sie jetzt zurück zu Ihrer Gruppe, Herr Klein wartet ja schon ungeduldig. Und schicken Sie uns bitte noch Frau Schwarz."

„Mache ich."

Nachdem Emma den Raum verlassen hatte, platzte es aus Alex heraus: „Da kommt ja eine echte Wendung in den Fall. In diese Richtung hätte ich zunächst gar nicht gedacht, Robin hat mir eigentlich einen ganz sympathischen und vernünftigen Eindruck gemacht."

„Wir wollen nichts überstürzen, aber ich muss zugeben, dass ich auch überrascht war von ihren Worten. Da sieht man mal wieder, dass man sich nicht zu früh ein Bild machen sollte."

Nach kurzem Klopfen betrat eine junge Frau mit Jeans und hellblauer Bluse den Raum. Ihre dunkelgrüne Brille bot einen gewissen Kontrast zu ihren blonden Haaren.

„Frau Schwarz, nehmen Sie doch bitte Platz und berichten aus Ihrer Sicht, wie das Miteinander in der Praxis war, insbesondere auch im Blick auf Frau Baum."

„Das Wort ‚Miteinander' trifft es vielleicht nicht so recht. Eigentlich hat jeder seine eigene Vorstellung, wie etwas zu laufen hat, und ich kann dann schauen, wie ich das alles unter einen Hut bringe."

Sie rutschte auf ihrem Sessel etwas nach vorne und suchte nach den richtigen Worten. „Am ausgeprägtesten war es mit Frau Baum. Sie hatte sehr klare Vorstellungen und hat die auch sehr deutlich geäußert. Am einfachsten war es, wenn man es so gemacht hat, wie sie es sich wünschte. Anfangs habe ich noch widersprochen, aber sie hat mich manchmal behandelt wie ein kleines Schulkind, dabei habe ich den ganzen Laden organisiert."

„Sie fühlten sich nicht gleichwertig behandelt, sehe ich das richtig?"

„Ja, eher von oben herab. Sie hat mich an meine Mutter erinnert, aber das gehört nicht hierher."

„Erzählen Sie ruhig, vielleicht hilft es, die Situation besser einzuordnen."

„Ich war ein Einzelkind und habe meinen Vater, den ich über alles geliebt habe, mit vier Jahren bei einem Verkehrsunfall verloren. So wuchs ich mit meiner Mutter auf, und ihr konnte ich nie etwas recht machen. Ich habe sie als Kind regelrecht gehasst und war froh, als ich zur Ausbildung das Haus verlassen konnte."

Ute wartete einen Augenblick: „Und dann treffen Sie ausgerechnet an Ihrem Arbeitsplatz wieder auf ein solches Gegenüber!"

„Wenn nicht die Patienten und Kunden da wären, würde ich mir überlegen, zu wechseln, aber zu ihnen habe ich einen sehr guten Draht, und das wiegt alles andere auf." Ein kleines Lächeln umspielte kurz ihre Lippen.

„Und wie haben Sie Frau Baum im Umgang mit den anderen Mitarbeitern erlebt?"

„Naja, mit Tobias musste sie zusammenarbeiten, ob ihr das gefiel oder nicht, und die anderen waren ihr keine Konkurrenz. Robin sowieso nicht, der hat sich regelrecht um sie bemüht, das war nicht zu übersehen."

„Haben Sie den Eindruck, dass sie seine Zuneigung erwidert hat?"

„Ich weiß gar nicht, ob sie zu wirklicher Zuneigung fähig war. Sie wirkte auf mich immer, als ob sie alles selbst im Griff haben müsse."

„Konnte sie sich denn in diesem Seminar auf die anderen einlassen?"

„Ich glaube, das hat sie wie ein Spiel betrachtet, so als ob sie ohnehin drüberstünde. Da kann man dann auch mal Zugeständnisse machen."

„Gibt es sonst noch etwas, das uns aus Ihrer Sicht helfen könnte?"

Tina drehte den Kopf etwas zur Seite, überlegte und sagte dann: „Nein, sonst fällt mir nichts ein."

„Danke, dann wollen wir Sie nicht länger von Ihrer Gruppe fernhalten. Wenn Ihnen doch noch etwas einfallen sollte, geben Sie uns Bescheid." Auch ihr reichte Ute eines ihrer Visitenkärtchen.

Sie machte noch eine Notiz in ihr Buch, als Tina gegangen war und wandte sich dann an Alex. „Diese Frau Baum scheint nicht gerade der Liebling der Nation gewesen zu sein!"

„Das hätte ich nicht schöner sagen können."

„Ich schlage vor, dass wir uns noch mit dem Gärtner befassen, falls das jetzt möglich ist, danach könnten wir etwas essen gehen."

Bei den letzten Worten ging ein Strahlen über das Gesicht des Kollegen. „Vielleicht im Vogel? Dann könnten wir sehen, ob sich zufällig jemand an Herrn Demski erinnert."

„Gute Idee. Ich frage erstmal Frau Rath, wo und wann wir mit dem Gärtner sprechen können." Sie stand auf und ging zur Rezeption, Alex schlug ein Bein über das andere und lehnte sich in seinem Sessel gemütlich zurück.

Frau Rath hatte den Telefonhörer am Ohr, ihr Blick war konzentriert auf den Bildschirm gerichtet. Sie schaute kurz auf und gab Ute mit einer kleinen Geste zu verstehen, dass sie sich gedulden möge.

Ute ging ein paar Schritte zurück und betrachtete die Bilder in der Eingangshalle: abstrakte Gemälde in kräftigen Farben.

„Die Bilder sind von einer jungen Künstlerin aus der Umgebung. Wir hatten hier kurz nach der Eröffnung eine Vernissage mit ihr."

„Interessant! Aber weswegen ich eigentlich zu Ihnen komme: Wir würden gerne auch mit dem Gärtner sprechen. Wie heißt er, und wann wäre das möglich?"

„Herr Meister ist im Moment unterwegs. Er will sich in einer Gärtnerei wegen der Sommerbepflanzung umsehen." Sie schaute auf ihre Uhr. „Er müsste in etwa einer Stunde wieder zurück sein. Soll ich ihm etwas ausrichten?"

„Mein Kollege und ich wollten ohnehin etwas essen gehen. Wir kommen einfach danach wieder hierher, und dann können wir ja sehen, wie wir zusammenkommen."

„Ja, so können Sie es gerne machen. Oder sollen wir Ihnen hier etwas zu essen bereitstellen?"

„Danke für das Angebot, aber mein Kollege hat seine ganz eigene Vorstellung, da will ich ihm nicht reinreden."

„Gut, dann bis später." Frau Rath zögerte: „Hat sich denn für Sie im Blick auf die Tat schon etwas ergeben?"

„Sie werden verstehen, dass ich darüber im Moment noch nicht sprechen kann. Wir sehen uns dann später."

Bevor Frau Rath etwas erwidern konnte, drehte sich Ute um, ging zurück zu ihrem Besprechungsraum, und sagte zu ihrem Kollegen: „Wir können uns aufmachen, der Gärtner, Herr Meister, ist erst in etwa einer Stunde zurück."

Alex schwang sich mit großer Vorfreude aus seinem Stuhl, während Ute ihren Rucksack nahm und beiläufig fragte: „Sollen wir das kurze Stück zu Fuß gehen? Du weißt ja: Bewegung in frischer Luft…"

Gequält antwortete er: „Ja, soll ungemein gesund sein. Aber wenn wir in einer Stunde schon wieder zurück sein wollen?"

Sie schmunzelte: „War ein Scherz, ganz so nah ist es auch wieder nicht. Wir fahren, ich will dir nicht den Tag vermiesen."

„Du bist die beste Kollegin, die ich ja hatte!"

„Hattest du denn schon mal eine andere?!"

Die Frage blieb unbeantwortet, Alex nahm den Autoschlüssel in die Hand und ging voraus zum Parkplatz.

Im Vogelbräu sagte er: „Vielleicht finden wir oben einen Platz." Tatsächlich war einer der schlichten Holztische direkt an der Fensterfront frei.

Ute schaute hinaus. „Hier sitzt man ja fast mitten in Ettlingen und ein bisschen auch wie im Schaufenster."

„Du musst einfach lächeln, dann passt das schon."

Sie setzten sich und studierten die Speisekarte. Ute hatte sich schnell entschieden: „Ich nehme die ‚gebratenen Schupfnudeln mit buntem saisonalen Grillgemüse'. Die haben hier ja wirklich eine vielfältige Karte, ich bin angenehm überrascht."

„Hast du gedacht, man könnte hier nur Bier trinken? Da hast du dich gewaltig getäuscht, du kannst hier schon morgens mit einem Frühstück anfangen… Ich nehme den ‚Zwiebelrostbraten mit Bratensoße und Spätzle'. Da gehört ja eigentlich ein VOGELPILS dazu, aber als Fahrer kann ich mir das wohl nicht leisten, zumal wenn wir uns gleich als Polizei outen. Dann muss es halt ein alkoholfreies sein."

„Wenn du willst, kann auch ich nachher fahren."

„Nein, auf keinen Fall! Bis ich dann wieder den Sitz richtig eingestellt habe… Im Moment ist er perfekt für mich."

„Das war ein Scherz. Ein Bier im Dienst geht überhaupt nicht, und das ist dir vermutlich auch klar:"

Er schaute sie von der Seite her an: „Du glaubst doch nicht im Ernst, dass ich tatsächlich eines genommen hätte?"

Eine freundliche Bedienung nahm ihre Bestellung auf und wollte schon gehen, als Ute sie fragte, ob sie auch am Vorabend Dienst gehabt habe. Nachdem sie das bejaht hatte, stellte Ute sich und ihren Kollegen vor und zeigte ihren Ausweis. Die Mitarbeiterin wirkte auf einmal verunsichert, als ob sie überlege, was am Vorabend schief gegangen sein mag. Sie konnte diesen Gedanken schnell verwerfen, als Ute auf ihrem Smartphone die Homepage der Praxis suchte, ihr schließlich ein Bild der Praxismitarbeiter zeigte und fragte, ob ihr jemand davon bekannt vorkomme.

Die junge Frau schaute sich das Foto konzentriert an und schüttelte dann den Kopf. „Nein, das Bild sagt mir gar nichts. Wir kennen unsere Stammkundschaft, mehr nicht. Sie haben ja keine Vorstellung, was hier an einem Abend los ist!"

„Sie waren bestimmt nicht alleine im Einsatz."

„Nein, Kurt und Fritzi hatten auch Dienst, aber Kurt kommt erst heute Abend wieder, und Fritzi morgen früh."

Ute bedankte sich, und die Bedienung eilte in Richtung Küche.

Alex nickte. „Nicht jeder hat ein fotografisches Gedächtnis! Und wenn er wirklich nur ein Bier getrunken und gleich bezahlt hat, bleibt er nicht hängen."

„Wenn er überhaupt hier war! Es wäre ein nahezu wasserdichtes Alibi gewesen, aber nun bleibt er auf der Liste der möglichen Verdächtigen. Du könntest natürlich heute Abend nochmal kommen – vielleicht mit der Straßenbahn, dann ist ein großes Bier drin – und diesen Kurt befragen."

„Ich glaube, das hat wenig Sinn."

In diesem Moment läutete das Smartphone von Ute. Am Apparat war Frau Stiegelmaier, die ihr die Adresse von Herrn Baum durchgab und auch die des Bruders, eines Bertram Müller. Ute bat sie, jemanden zu ihm zu schicken, um ihn zu informieren und ihn zu bitten, am nächsten Tag ins Präsidium zu kommen, den Noch-Ehemann würden sie selbst übernehmen.

„Herr Baum wohnt in der Südstadt, da können wir auf dem Rückweg vorbeischauen. Vorher würde ich schon noch gerne mit dem Gärtner sprechen, solange die Eindrücke frisch sind. Ich denke, für Herrn Baum macht es keinen großen Unterschied, ob er eine halbe Stunde früher oder später vom Tod seiner Ex hört, nur das Thema Scheidung hat sich erledigt. Das kann natürlich interessante Folgen für ihn haben."

Das Essen kam relativ schnell, ein Strahlen ging über das Gesicht von Alex. „Mmmh, wie das schon riecht!"

Nachdem sie gegessen hatten, schaute Ute auf die Uhr und meinte: „Den Espresso können wir auch im Tagungshaus nehmen. Nicht, dass der Gärtner auf dumme Gedanken kommt, wenn wir nicht erscheinen."

Im Tagungshaus gingen sie direkt auf Frau Rath zu, die immer noch sehr blass wirkte.

„Ich habe Herrn Meister informiert, dass Sie mit ihm sprechen wollen. Ich rufe ihn. Wollen Sie in Ihrem Besprechungsraum auf ihn warten?"

„Ja, und wäre es möglich, dass wir einen Espresso bekommen?"

„Selbstverständlich, ich lasse Ihnen einen bringen."

Schon nach wenigen Minuten klopfte es kurz, die Tür ging auf und eine Servicekraft stellte ein Tablett mit zwei Tässchen Espresso, Zucker und zwei Wassergläschen auf dem Tisch ab. „Haben Sie sonst noch einen Wunsch?"

„Nein, danke, jetzt sind wir bestens versorgt."

Es dauerte einige Minuten, bis es erneut an der Tür klopfte und ein kräftiger Mann eintrat. Seine gutsitzende dunkelgrüne Latzhose zeigte, dass man hier im Haus Wert auf ein gepflegtes Erscheinungsbild legte. Dunkle kurz geschnittene Haare umrahmten ein leicht gebräuntes Gesicht.

„Sie müssen Herr Meister sein." Ein kurzes Nicken auf Seiten des Mannes. „Becker, das ist mein Kollege Alex Weingärtner. Danke, dass Sie sich kurz Zeit für ein paar Fragen nehmen. Nehmen Sie doch bitte Platz."

Nachdem er sich gesetzt hatte, begann Ute: „Sie kannten Frau Baum von früher. Wie haben Sie sich kennengelernt, und in welcher Beziehung standen Sie zu ihr?"

„Wir waren zusammen im Gymnasium, ab der Oberstufe in der gleichen Klasse. Wir waren ineinander verliebt, zumindest habe ich das geglaubt. Ich, von meiner Seite, war es auf jeden Fall, bei ihr war ich mir später nicht mehr so sicher." Er stockte und überlegte, wie er seine Gedanken in Worte fassen solle.

„Nach dem Abitur haben sich unsere Wege getrennt: Sie studierte Ökotrophologie, ich Agrarwissenschaft, allerdings habe ich ziemlich früh festgestellt, dass mir die praktische Arbeit viel mehr Spaß macht und habe mich der Landschaftsgärtnerei zugewandt. Vielleicht war es das, was sie dazu veranlasst hat, mit mir Schluss zu machen. Wenn ich darüber nachdenke, überkommt mich auch heute noch völliges Unverständnis über ein so oberflächliches Denken! Es macht mich sogar fast ein wenig wütend." Er war etwas lauter geworden.

Ute und Alex wechselten unauffällig einen Blick.

„Ich habe noch ein paar Mal versucht, mit ihr Kontakt aufzunehmen, aber sie ließ mich abblitzen."

Da er den Faden nicht wieder aufnahm, sagte Alex: „Und dann haben Sie sie gestern plötzlich wiedergesehen?!"

Herr Meister schaute überrascht auf. „Ja, dann habe ich sie gestern plötzlich wiedergesehen, aber sie war genauso abweisend wie bei unserer letzten Begegnung."

„Was hat das in Ihnen ausgelöst?"

Er rieb sich mit seiner linken Hand am Ohr und schwieg einen Augenblick. Mit leiser Stimme sagte er dann: „Es war auf einmal alles wieder da, als ob es gerade erst gewesen wäre." Er schluckte und gab sich dann einen Ruck. „Aber da war ja dieser andere Mann…"

„Wie haben Sie den weiteren Abend verbracht?"

„Wie meinen Sie das?"

„Genau wie ich es gesagt habe. Was haben Sie am restlichen Abend gemacht?"

Auf dem Gesicht des Gärtners spiegelte sich ungläubige Überraschung. „Ich bin doch nicht etwa verdächtig, oder warum interessiert Sie, wie ich meinen Abend verbracht habe? Aber bitte: Ich bin nach Hause gefahren, habe mir etwas zu essen gemacht und ferngesehen."

„Hat Sie jemand gesehen, als Sie nach Hause kamen?"

Er überlegte kurz. „Nicht dass ich wüsste. Um die Uhrzeit sind die meisten Leute in der Wohnung, im Sommer ist das ganz anders, da sitzen viele Nachbarn im Garten."

Ute griff ein: „Können Sie uns Frau Baum noch ein wenig beschreiben? Was war sie für ein Mensch? Kam sie gut mit anderen zurecht?"

Er atmete tief durch. „Sie war etwas Besonderes, und das war ihr auch bewusst. Im Nachhinein wurde mir klar, dass sie mit den Menschen spielte. Sie genoss die Aufmerksamkeit, gab sie aber nicht im gleichen Maß zurück. Mitunter war sie auch offen abweisend. Ich sage mal so: Fingerspitzengefühl war nicht gerade ihre Stärke."

Ute nahm eines ihrer Visitenkärtchen. „Gut, dann war es das für den Moment. Sollte Ihnen doch noch etwas einfallen, was uns weiterhelfen könnte, melden Sie sich gerne bei uns."

Sein Blick wechselte vom Kärtchen zu den Kommissaren, dann steckte er es in die Brusttasche seiner Latzhose, nickte verlegen und stand auf. „Dann kann ich jetzt gehen?"

„Ja, auf Wiedersehen."

„Auf Wiedersehen."

Nachdem er den Raum verlassen hatte, packte Ute ihre Sachen in den Rucksack, schaute sich noch einmal um und stand dann auf. „Jetzt bin ich auf den Ex gespannt. Gehen wir?"

Alex nickte und folgte ihr ins Foyer, wo sie Frau Rath ansprachen. „Vielen Dank für all Ihr Entgegenkommen. Falls es noch irgendwelche Fragen gibt, bei denen Sie uns behilflich sein können, melden wir uns noch einmal."

„Gerne. Ich weiß gar nicht, wie ich es sagen soll: Einerseits bin ich froh, dass Sie soweit sind – es ist ein merkwürdiges Gefühl, die Kriminalpolizei im Haus zu haben. Andererseits gibt es auch eine gewisse Sicherheit, denn solange der Fall nicht geklärt ist, könnten wir ja potentiell einen Mörder oder eine Mörderin beherbergen."

„Rufen Sie uns an, wenn Ihnen irgendetwas merkwürdig erscheint, selbst wenn es nur eine Kleinigkeit ist. Manchmal kann so etwas das entscheidende Puzzleteil sein."

Sie verabschiedeten sich, Ute nahm einen Hausprospekt mit und ging mit ihrem Kollegen zum Auto. Nachdem sie eingestiegen waren, nannte sie die Adresse von Herrn Baum.

„Oh super, da wird es wieder weit und breit keinen Parkplatz geben, aber dafür umso mehr Baustellen, die das Ganze noch zusätzlich erschweren! Naja, wir sind Kummer gewohnt." Er ließ den Motor an und fuhr in Richtung Karlsruhe.

Es war, wie Alex befürchtet hatte: In der Nähe der Adresse war alles zugeparkt. Er fuhr sämtliche Seitenstraßen ab, bis er schließlich eine Lücke sah, die gerade freigeworden war, und den Wagen einparkte.

Ute schaute ihn an: „Willst du die Botschaft überbringen? Quasi von Mann zu Mann?"

„Nein, mach ruhig du es, du findest bestimmt die besseren Worte. Ich springe ein, wenn er komisch werden sollte."

Sie lächelte: „Das erwarte ich!"

Neben der Haustür war eine ganze Reihe von Namen. Sie klingelten bei ‚Baum' und warteten. Nachdem sich nichts gerührt hatte, klingelten sie erneut, dieses Mal etwas länger. Alex wollte schon ein drittes Mal läuten, als der Türöffner summte und die Tür sich öffnen ließ.

Sie traten ein. Direkt neben der Tür stand ein Mülleimer, der überquoll, daneben lagen ein paar zerknüllte Papiertaschentücher auf dem Boden.

Die beiden wechselten einen Blick und stiegen dann die Treppe hinauf, bis sie an eine Tür kamen, in der ein Mann stand und sie kritisch anschaute. Mit seinen Bartstoppeln und ungewaschenen Haaren machte er einen ungepflegten Eindruck. Auf seinem T-Shirt waren einige Flecken zu sehen.

„Herr Baum?"

Ein kurzes Nicken und ein mürrisches Brummen waren die Antwort.

„Ute Becker, das ist mein Kollege Alex Weingärtner, wir kommen von der Kripo. Dürfen wir eintreten?" Sie hielt ihm ihren Ausweis hin.

Herr Baum wich keinen Zentimeter von der Stelle. „Um was geht es?"

„Wir wollen das nicht gerne auf dem Flur besprechen."

„Sehen Sie jemand, den das stören könnte?"

Alex wurde unruhig. „Vielleicht stört es einfach uns."

Nach einem kurzen Zucken mit den Schultern ging Herr Baum zur Seite und ließ sie ein. Mit seinem rechten Fuß stieß er ein paar herumliegende Schuhe zur Seite und führte sie in ein kleines Zimmer, das mit einem ungemachten Bett und einem Tisch mit zwei

Stühlen spärlich eingerichtet war. Auf dem Tisch stand eine offene Bierflasche.

Als Herr Baum ging, um einen weiteren Stuhl zu holen, konnte Ute nur schwer ihren Impuls unterdrücken, das Fenster zu öffnen.

Schließlich saßen sie zu dritt um den Tisch und Ute sagte sehr direkt und mit Nachdruck: „Ihre Ex-Frau ist tot."

„Aha, hatte sie einen Unfall?"

„Nein, sie wurde ermordet."

„Von wem?"

„Wir sind noch mitten in den Ermittlungen."

„Dann danke ich für die Info." Er war im Begriff, sich wieder von seinem Stuhl zu erheben.

„Wo waren Sie gestern Abend?"

„Ich? Warum fragen Sie? Geht Sie das etwas an?"

„Nun, auch Sie könnten ein Motiv gehabt haben."

„Jetzt bin ich aber gespannt: Was für eines denn? Wir leben ja schon ein dreiviertel Jahr getrennt voneinander. Meinen Sie, ich müsste das noch unterstreichen?"

Alex fühlte sich gedrängt, einzugreifen: „Beantworten Sie doch einfach die Frage, dann sind wir schneller wieder weg, als wenn wir uns in unnütze Diskussionen verstricken!"

„Und wenn ich sage, dass ich hier war, sind Sie dann zufrieden?"

„Können Sie das irgendwie beweisen? Gibt es Zeugen?"

Herr Baum zuckte mit den Schultern und machte eine unbestimmte Geste. „Nein, kann ich nicht, und es gibt auch niemanden, der mich gesehen hat. Ich wusste ja nicht, dass das wichtig werden könnte, sonst hätte ich natürlich bei einem Nachbarn angeklopft." Er legte den Kopf etwas schräg und zeigte ein angedeutetes Grinsen.

„Eine andere Frage: Warum haben Sie sich getrennt?"

„Sie meinen Franziska und ich?"

Alex reagierte etwas ungehalten: „Haben Sie sich denn noch von jemand anderem getrennt?! Ja, wir meinen Franziska und Sie."

Herr Baum kratzte sich am Kinn. „*Wir* haben uns nicht getrennt, sie hat mich verlassen."

„Dafür muss sie einen Grund gehabt haben, nämlich welchen?"

Er zögerte, sein Blick wirkte auf einmal wacher. „Ohne Anwalt muss ich Ihnen nicht antworten."

„Sie müssen nicht, aber es könnte die Sache vereinfachen."

„Ich halte mich an meine Rechte und sage gar nichts mehr."

Ute holte eines ihrer Visitenkärtchen heraus. „Gut, das bringt uns jetzt nicht wirklich weiter. Sollten Sie es sich anders überlegen, oder sollte Ihnen etwas einfallen, das Klarheit in den Fall bringen könnte, melden Sie sich. Ansonsten kommen wir wieder auf Sie zu, wenn wir weitere Fragen haben, und Sie besprechen sich mit Ihrem Anwalt, oder wir treffen uns alle wieder zum Gespräch im Präsidium."

Sie stand auf und nahm ihren Rucksack. „Danke, wir finden alleine hinaus. Auf Wiedersehen."

Die beiden Kommissare verließen die Wohnung und das Haus und atmeten draußen erstmal tief durch.

Auf dem Weg zum Auto sagte Alex: „Den hätte ich auch verlassen, wenn ich mit ihm verheiratet gewesen wäre!"

„Ich denke, wir sollten uns zunächst noch ein genaueres Bild von ihm machen, vielleicht war er in der Anfangszeit ganz anders. Irgendetwas muss sie ja zu ihm hingezogen haben."

„Kann ich mir zwar nicht vorstellen, aber vielleicht hast du recht. Herr Google weiß bestimmt mehr über ihn."

Sie fuhren zurück ins Präsidium und trafen gerade noch Frau Stiegelmaier an, die dabei war, ihr Büro abzuschließen. Sie berichtete, dass sie den Wohnungsschlüssel von Frau Baum auf Utes Schreibtisch gelegt und den Bruder der Ermordeten auf neun Uhr am nächsten Vormittag einbestellt habe. Da es keine weiteren Nachfragen gab, verabschiedete sie sich.

„Was hältst du davon, noch einen Abstecher in die Wohnung von Franziska zu machen?"

Alex kratzte sich am Ohr. „Was halte ich davon? Na ja, bevor wir auch Feierabend machen müssen, machen wir doch gerne noch diesen Abstecher. Wer weiß, was uns an Überraschungen erwartet."

Seine Kollegin schmunzelte: „Gewaltige Überraschungen erwarte ich zwar nicht, aber wer weiß? Vielleicht gibt es doch den ein oder anderen Hinweis, der uns in irgendeine Richtung leitet?"

Sie gingen zurück zum Parkplatz, Ute nannte die Adresse, und Alex startete den Wagen. Als sie ausstiegen, sagte er: „Das sieht hier doch deutlich angenehmer aus als die Wohngegend des Ex."

Sie schlossen die Wohnungstür auf und gingen durch einen schmalen Flur in ein geräumiges Wohnzimmer mit großen Fenstern und einer Balkontür. Ute öffnete sie und trat auf die Terrasse, auf der neben einigen Blumenkübeln ein Hochbeet stand, in dem sich erste Keimlinge und Salatpflänzchen zeigten. Sie nickte einer Nachbarin zu, die interessiert herüberschaute und sich daraufhin sofort zurückzog.

Das Zimmer war geschmackvoll eingerichtet: Möbel in schlichter Eleganz, eine gemütliche Sitzgruppe und eine Essecke mit Durchreiche in die Küche. Auf dem Tisch stand eine Schale mit verschiedenen Früchten.

Alex schüttelte den Kopf: „Man kann doch nie genug Obst und Gemüse im Haus haben! Aber wahrscheinlich nicht ein einziges Fläschchen Bier."

Durch eine weitere Tür kamen sie in einen Flur, der auf der einen Seite ins Schlaf-, auf der anderen Seite ins Arbeitszimmer führte. Neben dem Schreibtisch mit Laptop, Drucker und Schreibutensilien war ein Tischchen mit verschiedenen Büchern und Heften, daneben ein kleiner Rollcontainer, an der Wand ein hohes Bücherregal. Ute nahm ein Heft in die Hand und blätterte darin: „Da hat sie Spanisch geübt, es war ja die Rede davon, dass sie nach Südamerika wollte. Wenn ich mich hier umschaue, muss ich sagen: Organisiert war sie."

„Da kenne ich noch jemanden, von dem man das sagen könnte!"

Sie lächelte, zog ein paar Schubladen auf und ging dann weiter ins Schlafzimmer. Auch hier herrschte Ordnung, bis auf einen Stapel Bügelwäsche. Nicht anders sah es in der Küche aus.

Alex meinte: „Besonders ergiebig war dieser Abstecher nicht gerade, oder siehst du das anders?"

„Wir haben einen zusätzlichen Eindruck zur Person, aber das ist es dann auch schon. Mich springt nichts an, was uns in der Sache weiterhelfen könnte."

Nach einem Blick auf die Uhr sagte Ute: „Ich glaube, wir machen Schluss für heute. Viel weiter kommen wir ohnehin nicht. Unsere EDV-ler sind bestimmt auch nicht mehr in ihrem Büro, die befragen wir dann gleich morgen früh, ob sie etwas Besonderes im Smartphone entdeckt haben."

„Ich habe keine Einwände!"

Als Ute nach Hause kam, blickte Herr Eberhard auf, der mit einem Klappstuhl unter dem Nussbaum saß und las.

„Sie sehen nicht aus, als ob Sie einen langweiligen Bürotag hinter sich hätten."

„Ihre Menschenkenntnis ist nicht zu leugnen! Nein, es war alles andere als ein langweiliger Bürotag, wir haben einen neuen Fall."

Er zwinkerte ihr zu: „Heute Abend nach der Tagesschau, oder ist es zu früh für einen Austausch?" Das Ehepaar Eberhard war vor Jahren im Haus eingezogen, und bereits kurz danach hatte Herr Eberhard Ute gegenüber sein Interesse an ihrer Arbeit bekundet. Da er als Pfarrer der Schweigepflicht unterlag, hatte sie ihm von einem ihrer Fälle berichtet und festgestellt, dass er mit seiner Sicht von außen und seinen Nachfragen eine Hilfe war, ihre Gedanken zu ordnen. So hatte sich ein gewisses Ritual eingestellt, und die ideale Uhrzeit dafür war für beide die Zeit nach der Tagesschau, auf die sie keinesfalls verzichten wollten.

Ute antwortete: „Warum nicht? Jetzt ist alles noch ganz frisch, und es hilft mir immer wieder beim Sortieren der einzelnen Fäden, wenn ich mit Ihnen im Gespräch bin."

„Gut, ich bin gespannt!" Damit nahm er sein Buch wieder zur Hand und vertiefte sich in den Text.

Unmittelbar nach dem Läuten öffnete sich die Tür, und Herr Eberhard bat Ute herein. Er ging ihr voraus in sein Arbeitszimmer, wo schon zwei Gläser, eine Flasche Rotwein und etwas Knabberzeug auf dem kleinen Tischchen in der Sitzecke bereitstanden. „Meine Frau lässt Sie grüßen, Sie wissen ja, dass sie ein großer Freund der Mittwochsfilme im Ersten ist, und da wollte sie den Anfang nicht verpassen."

Ute lächelte und nahm in einem der gemütlichen Sessel neben der Stehlampe Platz.

Herr Eberhard schenkte den Wein ein und erhob sein Glas: „Zunächst mal herzlich willkommen! Sie haben meine ganze Aufmerksamkeit."

Ute hob ebenfalls ihr Glas, nickte ihm dankend zu und nahm einen Schluck Wein. „Wir haben bereits heute mit so vielen Leuten gesprochen, dass ich mein Notizbuch mitgebracht habe, um halbwegs systematisch berichten zu können." Sie schlug ihr Buch auf, blätterte etwas zurück und schilderte dann die Praxis mit den verschiedenen Mitarbeitern und den Mord am vergangenen Abend.

Herr Eberhard hatte interessiert zugehört, ohne sie zu unterbrechen. „Wenn ich Sie richtig verstehe, haben Sie erste Verdachtsmomente."

„Natürlich stehen wir noch ganz am Anfang und vorschnelle Schlüsse sind gefährlich. Andererseits gibt es bereits ein paar Hinweise, die einem zu denken geben. Wir können sie ja mal ganz kurz durchspielen. Für den Koch eröffnen sich unter Umständen ganz neue Perspektiven, und er hat nicht mehr unter der Dominanz dieser Frau zu leiden."

„Wäre es nicht viel leichter, seine Stelle zu kündigen und woanders anzufangen? Er hätte ja nicht nur den Mord als Last zu tragen, sondern würde auch immer wieder den Kunden begegnen, die teilweise auch ein gutes Verhältnis zu Frau Baum hatten. Die mag es zumindest gegeben haben."

„Er muss es ja nicht von langer Hand geplant haben. Es kann sein, dass in der direkten Konfrontation während des Seminars eine Sicherung bei ihm durchgebrannt ist, obwohl ich zugeben muss, dass er eher zu der Sorte Mensch gehört, die in aller Ruhe ihren Weg gehen. Wir lassen es mal so stehen und schauen als nächstes die Empfangsdame an. Sie hat nun, nach dem Mord, eine Frau los, die sie sehr an ihre Mutter erinnerte, die sie als Kind hasste, also ein Kindheitstrauma."

Herr Eberhard nickte: „So etwas hinterlässt tiefe Spuren. Wenn sich dann eine Gelegenheit ergibt, dieses Thema ein für alle Mal zu beenden…" Er ließ seine weiteren Gedanken unausgesprochen.

Ute schaute in ihr Notizbuch: „Robin und der Gärtner teilen sich das Schicksal der unerwiderten Liebe, wobei es sich Robin vielleicht gar nicht eingestanden hat, während der Gärtner sich in jedem Fall in einem anderen Status fühlt, was ihn Franziska offensichtlich spüren ließ. Andererseits nach so vielen Jahren?"

„Vielleicht wurde eine alte Wunde wieder aufgerissen, die Begegnung fand für ihn ja völlig unvorbereitet statt. Je nachdem, wie er gerade gestimmt war, hat das rationale Denken unter Umständen erst danach wieder eingesetzt. Und Robin? Wenn etwas an der Behauptung dran ist, dass Franziska nur mit ihm gespielt hat, ist seine Männlichkeit verletzt. Er müsste also von sich aus die Beziehung beenden, würde ihr aber jeden Tag wieder in der Praxis begegnen, also lieber ein schreckliches aber endgültiges Ende?"

„Bleibt noch der Ex – ob er ein Interesse an ihrem Tod haben könnte, wissen wir noch nicht. Irgendetwas scheint nicht zu stimmen, und umsonst hat sich Franziska ja nicht von ihm getrennt, aber er war plötzlich nicht mehr zum Reden zu bringen."

„Da haben Sie wirklich eine Reihe von Verdächtigen mit sehr unterschiedlichen Motiven."

„Ja, und wir werden sie alle sorgfältig prüfen und sehen, wie sich das Bild dann entwickelt. Morgen kommt der Bruder bei uns vorbei, vielleicht erfahren wir von ihm auch noch einiges über Franziska, was Licht in die Sache bringen könnte."

„Sie scheint ja eine ausgeprägte Persönlichkeit gewesen zu sein, die in der Beliebtheitsskala bei anderen nicht unbedingt in den oberen Rängen gestanden hat."

Ute nickte: „So kommt es uns auch vor, aber vielleicht finden sich ja noch ein paar Fürsprecher, die unser Bild korrigieren. Ich danke Ihnen jedenfalls für Ihr Ohr und werde Sie auf dem Laufenden halten."

„Ich danke *Ihnen*! Ein solcher Bericht stellt doch jeden Film im Fernsehen weit in den Schatten. Aber ich bin immer wieder erschüttert, dass so etwas in unserer Gegend passieren kann, das lässt man sich doch eher im Film gefallen."

„Da muss ich Ihnen leider rechtgeben." Sie trank ihr Glas aus, schaute auf die Uhr und stand auf. „Es ist schon recht spät geworden. Vielen Dank für Ihr Mitdenken! Ich wünsche Ihnen noch einen schönen Abend."

„Danke, den wünsche ich Ihnen auch und dass Sie schnell abschalten können!" Er brachte sie zur Tür und verabschiedete sich.

Ute zog den Rollladen in ihrem Schlafzimmer hoch und blieb erst einmal einen Augenblick stehen, um aus dem Fenster zu schauen: Ein strahlender Frühlingstag erwartete sie. Mit Bedauern dachte sie an ihren Kollegen, der mit Sicherheit wieder über irgendwelche Pollen zu klagen hatte. Sie öffnete das Fenster weit und atmete ein paar Mal tief ein und aus. Danach ging sie in die Küche, um ihr Frühstück zuzubereiten.

Auch in der Straßenbahn war eine gelöstere Stimmung spürbar als sonst, obwohl auch heute viele Personen aussahen, als ob sie noch mit einer Körperhälfte im Bett lägen. Da Ute ein Morgenmensch war, konnte sie das nur schwer nachvollziehen.

Frau Stiegelmaier war schon an ihrem Arbeitsplatz und begrüßte sie mit einem fröhlichen Lächeln.

Kurz nach Ute traf auch Alex im Büro ein, der, wie erwartet, nicht mit dem gleichen Schwung in den Tag gestartet war.

„Ich schlage vor, dass wir als erstes unsere EDV-ler aufsuchen, bevor nachher der Bruder von Franziska kommt. Vielleicht haben die ja schon irgendwelche interessanten Details für uns."

Sie gingen direkt in die EDV-Abteilung, klopften kurz an die Tür von Thomas und traten ein, ohne auf ein „Herein" zu warten. Die Tür zum Nebenbüro von Martin war offen, sodass auch er aufschaute, als sie ins Büro traten. Er stand von seinem Schreibtisch auf, nahm ein Blatt Papier und das Smartphone, das neben seinem PC gelegen hatte und kam zu ihnen herüber.

„Guten Morgen, ihr beide! Ihr kommt wegen Franziska Baum, wenn ich nicht völlig danebenliege. Hier habe ich ein paar Notizen gemacht, was mir auf ihrem

Smartphone auffiel. Zunächst kann ich euch ein Bild vom Tatort zeigen, als er noch kein Tatort war."

Die beiden Kommissare schauten ihn verblüfft und fragend an.

„Das dachte ich mir, dass ihr so reagiert. Sie hatte ein Bild von ihrer abendlichen Idylle in ihrem Whats-App-Status, und da diese Bilder nach 24 Stunden verschwinden, habe ich ein Foto davon gemacht."

Aus seiner Hosentasche zog er sein eigenes Smartphone heraus, tippte die PIN ein und zeigte ihnen kurz darauf das Bild: ein Tisch im Pavillon mit zwei Rotweingläsern und einer brennenden Kerze in einem Glasbehälter. Auf einem zweiten Foto war Franziska zu sehen, ein Weinglas in der Hand, als ob sie dem Betrachter zuprosten wolle. Ihren Mund umspielte ein leichtes Lächeln.

Ute war überrascht: „Aus den bisherigen Beschreibungen hätte ich sie nicht für jemanden gehalten, der auf diese Weise soziale Kontakte pflegt."

Martin wiegte den Kopf: „Nun ja, übertrieben viele Leute haben sich die Bilder nicht angeschaut, gerade mal 11."

Ute nickte. „Warum findest du 11 nicht viel? Das ist doch eine ganze Menge."

Martin grinste: „Wer viele WhatsApp-Kontakte hat, hat im Allgemeinen einen größeren Zugriff auf den Status, aber ihr Netzwerk auf diesem Weg war nicht besonders ausgeprägt. Ich will nicht vorgreifen, sonst kommen wir in Konflikt mit dem Datenschutzgesetz, deshalb behalte ich das Blatt zunächst bei mir und empfehle euch, bei der Staatsanwaltschaft darum zu bitten, dass wir auf ihre Daten zugreifen dürfen. Es könnte sein, dass wir euch dann ein paar interessante Dinge berichten können."

„Okay, wir kommen in Kürze wieder."

Beide gingen zurück ins eigene Büro, wo Ute die Kanzlei von Dr. Fischer anrief und die Sekretärin bat, sie möglichst umgehend zu verbinden. Als sich der Staatsanwalt meldete, schilderte sie in kurzen Sätzen den Sachverhalt und bat um den entsprechenden Durchsuchungsbeschluss der digitalen Daten. „Wir kommen gerne heute oder morgen bei Ihnen vorbei, um den Fall zu diskutieren, für den Moment wäre diese Erlaubnis hilfreich, da sie zwei Fotos in ihren WhatsApp-Status gestellt hat, die sie zeitnah vor dem Mord gemacht haben muss. Wir würden gerne wissen, wer sich diese Aufnahmen angeschaut hat, aber die Bilder und die entsprechende Namensliste werden nach 24 Stunden gelöscht. Unsere Spezialisten in der EDV könnten sie zwar vermutlich wieder herstellen, aber sie haben genug Arbeit, sodass man ihnen unnötige Arbeitsschritte ersparen sollte, wenn es auch andere Wege gibt."

Dr. Fischer antwortete: „Selbstverständlich unterstütze ich Sie da gerne. Ich beantrage beim Gericht einen Eilbeschluss und melde mich, sobald der Ermittlungsrichter den Sachverhalt geprüft und den Durchsuchungsbeschluss an mich übermittelt hat. Ich lasse Ihnen den Bescheid dann sofort per Mail zukommen. Für ein Gespräch lassen Sie sich gerne von Frau Gros einen Termin geben, damit Sie mich umfassend ins Bild setzen können."

Sie verabschiedeten sich und er stellte sie wieder zu seiner Sekretärin durch, die einen Termin für den nächsten Vormittag vereinbarte.

Es klopfte kurz und Frau Stiegelmaier schaute herein: „Herr Müller ist da, er sitzt vorne im Wartebereich."

„Vielen Dank, wir holen ihn gleich!" Ute lächelte Alex aufmunternd zu, der sich daraufhin mit einem unverständlichen Murmeln aus seinem Schreibtischstuhl wuchtete und den Raum verließ.

Der Mann in der Wartezone schaute gerade auf seine Armbanduhr, zog die Augenbrauen hoch und sah sich um. Ihre Blicke trafen sich. Obwohl Alex Franziska nur kurz gesehen hatte, erschien es ihm doch, dass der Bruder eine gewisse Ähnlichkeit hatte. Er hätte nicht sagen können, woran es lag, vielleicht täuschte er sich auch. Der Mann stand auf, seine Jeans wurde von einem breiten Gürtel gehalten, über einem hellgrünen Hemd trug er eine dünne blaue Jacke.

„Ich nehme an, dass Sie Herr Müller sind. Kommen Sie doch bitte mit."

„Ja, der bin ich. Es wird auch Zeit, ich kann meinem Arbeitgeber ja nicht auf die Nase binden, dass ich bei der Polizei herumsitze. Wie käme das denn an?!"

Alex vermied eine Antwort, da ihm klar war, dass er die Situation damit nur verschlimmern würde. Er brachte ihn ins Büro, stellte ihn seiner Kollegin vor und bot ihm einen Stuhl an.

Ute spürte, dass etwas in der Luft lag. „Herr Müller, zunächst mal unser herzliches Beileid zum Tod Ihrer Schwester."

Er nickte kurz und sah wieder auf die Uhr.

„Haben Sie es eilig? Wir wollen Sie nicht allzu lange aufhalten, aber wir würden schon gerne ein wenig mehr über Ihre Schwester erfahren als die Infos, die wir von ihren Kollegen erhalten haben."

„Ich habe mir für heute Homeoffice erbeten, aber es kann sein, dass ab und zu jemand aus der Firma anruft, und da wäre es nicht gut, wenn ich nicht ans Telefon gehe."

„Haben Sie denn nicht einfach mitgeteilt, dass Ihre Schwester ums Leben gekommen ist, und wir Sie gebeten haben, uns etwas über ihre Lebensumstände zu erzählen?"

„Da bleibt doch nur hängen, dass ich bei der Polizei einbestellt werde, und dann macht sich jeder seinen eigenen Reim drauf." Seine Stimme erinnerte Ute ein wenig an ein trotziges Kind.

„Wie könnte dieser Reim denn aussehen?" Alex konnte sich diese Frage nicht verkneifen und fing auch gleich einen missbilligenden Blick seiner Kollegin ein.

Bevor Herr Müller etwas erwidern konnte, griff Ute den Faden wieder auf. „Jetzt lassen wir die Firma mal außen vor, sonst zieht sich hier alles nur unnötig in die Länge. Wie war Ihre Schwester? War sie jünger oder älter als Sie? Haben Sie sich gut verstanden? Hatten Sie regelmäßig Kontakt?"

„Sie war drei Jahre älter als ich, und das hat sie mich auch spüren lassen. Als Kind hat sie oft die Rolle des Aufpassers gespielt, und auch später hat sie mir indirekt zu verstehen gegeben, dass sie mir ein paar Schritte voraus ist." Er machte eine kleine Pause, als ob er die richtigen Worte finden müsse. „Was heißt ‚regelmäßig Kontakt'? Früher haben wir uns an Weihnachten als Familie getroffen, bis wir unsere eigenen Familien hatten. Letztes Jahr war das erste Weihnachtsfest seit der Trennung von ihrem Mann. Meine Frau hat mich gefragt, ob wir sie nicht einladen sollen, aber…" Er brach ab und schaute Ute mit einem Blick an, den sie nicht zu deuten wusste.

Sie fragte nach: „Wollten Sie nicht, oder hatte Ihre Schwester andere Pläne?"

„Irgendwie beides. Sie sagte immer, sie komme mit ihrem ‚neuen Leben‘ wunderbar zurecht, und ich wollte mir die Feiertage auch nicht verderben. Letztes Jahr im Sommer ist unsere Mutter gestorben. Sie hat bis zuletzt alleine in unserem Elternhaus gewohnt, und das wollen wir seither verkaufen." Er zögerte. „Wenn man es genau nimmt, will *ich*, dass wir es verkaufen, denn ich könnte das Geld dringend gebrauchen, da bei mir im nächsten Monat ein großer Kredit fällig wird. Franziska wollte den Verkauf hinausschieben, bis ihre Scheidung vollzogen ist, weil sie meinte, dass sich das ungünstig auf die Vermögenslage auswirken könne. Ich habe keine Ahnung, ob sie damit recht hat, aber sie hat sich von mir ja sowieso nichts sagen lassen, da hätte es auch keinen Sinn gehabt, sich zu erkundigen."

Ute hatte sich eine Notiz gemacht. „Wissen Sie, ob Ihre Schwester ein Testament hatte?"

„Das weiß ich nicht, aber ich gehe davon aus. Mit solchen Sachen war sie fanatisch genau."

„Das heißt, Sie wissen auch nicht, ob Sie darin bedacht sind?"

„Nein, aber als Bruder wird mir ja wohl ein Pflichtteil zustehen." Er hatte diesen Satz mit einem gewissen Nachdruck gesprochen, als ob er sich selbst vergewissern müsste.

„Da wäre ich mir nicht so sicher, aber das wird sich ja von alleine klären. Hat sich Ihre Schwester in der letzten Zeit anders verhalten als sonst? Gab es irgendetwas, das Ihnen aufgefallen ist und jetzt eine Bedeutung gewinnen könnte?"

Herr Müller schaute zu Boden und dachte nach. Er hob den Kopf wieder: „Nein, da fällt mir nichts ein. Kann sein, dass sie eine neue Beziehung hatte, aber das kann man bei ihr nie so genau sagen. Sie sagte mal zu mir, dass sie sich nicht zu früh festlegen wolle."

„Gut, dann wollen wir Sie nicht länger von Ihrem Homeoffice abhalten. Wenn Ihnen doch noch etwas einfällt, was wichtig sein könnte, melden Sie sich bitte bei uns." Mit diesen Worten gab sie ihm eines ihrer Visitenkärtchen.

Er schaute es kurz an, steckte es in seine Jackentasche und stand auf. „Das heißt, ich kann jetzt gehen?"

„Ja, das heißt es." Für einen kleinen Augenblick kam sich Ute vor wie seine ältere Schwester, die ihm zu sagen hatte, was zu tun war.

Nachdem er sich verabschiedet hatte, verließ er den Raum.

Alex platzte heraus: „Er braucht Geld! Bis die Scheidung vollzogen ist, dauert es noch, da räumt man am besten den Hinderungsgrund weg, und wenn es gut läuft, ergibt sich sogar noch ein kleines Erbe."

„Nur wenn es gut läuft und bitte keine voreiligen Schlüsse. Woher sollte er wissen, wo sich seine Schwester aufhält? Aber ich muss dir rechtgeben, er hat ein Motiv! Vielleicht hatte er auch deswegen ein Problem damit, dass er hier einbestellt wurde."

„Du meinst, er ist unsicher, wie sehr wir ihm schon auf der Spur sind?"

„So ungefähr." Sie wandte sich ihrem Emailprogramm zu und sagte kurz darauf: „Wir haben den Durchsuchungsbeschluss vom Ermittlungsrichter! Schnelle Arbeit, alle Achtung, da muss Dr. Fischer ordentlich Druck gemacht haben, und wir können in die EDV-Abteilung gehen."

„Dann machen wir das doch. Ich bin gespannt, was die beiden herausgefunden haben, es hat sich angehört, als ob da etwas Brauchbares dabei wäre."

Sie gingen direkt zur EDV-Abteilung, wo sie wieder nur kurz anklopften und dann eintraten. „Wir haben den Durchsuchungsbeschluss, ihr könnt uns alles erzählen, was ihr entdeckt habt."

Martin kam mit seinem Notizblatt aus dem Nebenbüro, alle setzten sich neben den Schreibtisch von Thomas. „Ich hatte euch ja vorhin schon von den Statusbildern bei WhatsApp berichtet. Hier haben wir eine Liste der Kontakte erstellt, und es wird euch interessieren, dass ein Bertram Müller die Bilder angeschaut hat. Aus Franziskas Mailkontakten schließen wir, dass das ihr Bruder ist. Was mir auffiel, war der Kontakt zu einer Lizzy, das muss wohl eine Freundin gewesen sein. Sie hat auch gestern auf die Bilder reagiert und geschrieben, dass sie sich nach dem Seminar auf ein Treffen freut und einen genauen Bericht erwartet."

„Aha, und habt ihr herausgefunden, wie diese Lizzy noch heißt und wo sie wohnt?"

Thomas hob die Augenbrauen: „Ob wir das herausgefunden haben? Die Frage meinst du nicht im Ernst, natürlich haben wir das herausgefunden, wir arbeiten schließlich bei der Polizei." Er zwinkerte ihr zu. „Es steht auch auf dem Notizzettel: Lizzy Fulzig im alten Ortsteil von Rüppurr."

„Nochmal zurück zu den Bildern – wie spät war es, als sie diese Fotos verschickt hat?"

„19.30 Uhr."

Alex überlegte: „Da hätte also jemand genügend Zeit, sich auf den Weg zu machen und zu warten, bis sich eine Gelegenheit bietet."

„Ja, auch wenn derjenige nicht sicher sein kann, dass sich wirklich eine Gelegenheit bieten wird, denn es hätte ja auch sein können, dass Franziska den ganzen Abend mit Robin verbringt und sich dann mit ihm zusammen ins Haus zurückzieht."

Ute nahm das Blatt Papier von Martin entgegen und ließ ihren Blick darüber schweifen. „Was hat es sonst noch mit ihrem Bruder auf sich?"

„Wie schon gesagt, hat sie sich per Mail mit ihm auseinandergesetzt. Wenn ich es richtig herausgehört habe, geht es um den Verkauf des Elternhauses, das er wohl vorantreiben wollte, wobei sie aber sehr zurückhaltend, wenn nicht sogar ablehnend war."

„Davon hat er gesprochen, aber von den Fotos im Status hat er nichts gesagt, und damit konnte er wissen, wo er seine Schwester finden kann. Das ist schon interessant, da werden wir nochmal nachhaken. Vielen Dank, ihr habt uns mal wieder sehr geholfen."

„Immer gerne!"

Mit der Liste gingen sie zurück in ihr eigenes Büro. Alex machte sich mit seinem Smartphone ein Foto der Liste und sagte: „Sieht ganz danach aus, dass als nächstes diese Lizzy für uns interessant sein könnte, oder?"

„Unbedingt." Ute fuhr bereits ihren PC herunter und nahm ihren Rucksack und die leichte Jacke. Sie hatte sich schon morgens gefreut, dass die Temperaturen wieder stiegen. Der Frühling war für sie die schönste Jahreszeit.

Trotz der vielen Baustellen kamen sie erstaunlich gut durch die Stadt und überquerten in Rüppurr die Straßenbahnschienen. Alex las im Vorbeifahren: „Pfauenstraße, Löwenstraße – ist das hier ein Ableger vom Karlsruher Zoo?"

Ute schmunzelte: „Nein, die Pfauenstraße bezieht sich auf ein altes Adelsgeschlecht. Die Freiherrn von Rüppurr nannten sich auch „Pfauen von Rüppurr".

Die Bezeichnung Pfau soll beim Dienstadel des Mittelalters verbreitet gewesen sein. Für den Namen der Löwenstraße ist eine ehemalige Gastwirtschaft zuständig, sie hieß ‚Zum Zähringer Löwen‘."

Alex warf seiner Kollegin einen Seitenblick zu. „Hier spricht das historische Lexikon der Stadt Karlsruhe."

„Das habe ich neulich mal gelesen, weil mich selber interessiert hat, wie es zu diesen Namen kam. Bei der Pfauenstraße steht ja ein kleiner Hinweis auf dem Straßenschild, aber die Löwen gleich daneben haben mich dann doch etwas stutzig gemacht, und mit einem Blick ins Internet ließ sich das leicht klären."

„Ich glaube, du näherst dich mittlerweile doch mit großen Schritten der digitalen Welt. Wenn wir jetzt noch einen ganz analogen Parkplatz finden würden, kämen wir unserem Ziel nahe."

„Die Parkplatzsituation ist hier immer schwierig, aber ein kleines Stück zu Fuß bringt uns ja auch nicht um."

Nachdem sie eine Lücke gefunden hatten, in die Alex einparkte, liefen sie zurück zur angegebenen Adresse. Sie standen vor einem einstöckigen, etwas zurückgesetzten Haus mit einem bunten Garten: Tulpen in unterschiedlichsten Farben, Narzissen in kleinen Gruppierungen, dazu unzählige Krokusse und Schneeglöckchen. Ein schmaler Weg führte neben dem Garten entlang zur Haustür.

Ute läutete und kurz darauf kam eine Stimme aus der Sprechanlage: „Ja bitte?"

„Ute Becker und Alex Weingärtner, wir kommen von der Polizei."

Die Tür wurde geöffnet. Vor ihnen stand eine dunkelblonde Frau, Anfang 40, in Jeans und knallgrünem

Sweatshirt, die Ärmel hochgekrempelt. Sie schaute die beiden fragend an: „Sie kommen von der Polizei? Ist etwas passiert?"

Ute zeigte ihren Ausweis, bevor sie fragte: „Frau Fulzig?" Die Angesprochene nickte.

„Dürfen wir reinkommen?"

Lizzy trat zur Seite und ließ die beiden herein. „Wollen Sie Ihre Jacke ablegen?" Ute schüttelte leicht den Kopf. Lizzy ging voraus in ein gemütlich eingerichtetes Wohnzimmer mit großen Fenstern und einer Tür, die ins Freie führte. Sie bat die beiden Kommissare, in den Sesseln Platz zu nehmen. „Ich habe gerade einen frischen Kräutertee aufgebrüht." Ihre Unsicherheit war spürbar.

Ute antwortete auf die unausgesprochene Frage: „Ich nehme sehr gerne eine Tasse." Alex hob abwehrend die Hand.

„Etwas anderes? Ein Glas Wasser?"

„Nein, danke, alles gut."

Lizzy verschwand in der Küche und kam mit zwei Tassen und einer Glaskanne zurück und schenkte Ute und sich selbst ein. Sie setzte sich auf das Sofa.

„Sie sind mit Franziska Baum befreundet?"

„Was ist mit ihr? Ich warte seit gestern, dass sie sich meldet, dachte aber, dass ihr etwas dazwischengekommen ist."

Ute fiel es immer wieder schwer, eine solche Botschaft zu überbringen: „Es tut mir sehr leid, dass wir Ihnen sagen müssen, dass Ihre Freundin nicht mehr lebt." Den vollen Umfang der Wahrheit wollte sie ihr nicht auf einen Schlag mitteilen.

„Hatte sie einen Unfall? Wenn Sie von der Polizei sind, wird es ja keine gesundheitlichen Gründe geben, zumal Franzi sich immer sehr gesundheitsbewusst verhalten hat."

„Ich will nicht darum herumreden: Sie wurde ermordet." Sie gab Lizzy einen Augenblick Zeit, den Satz auf sich wirken zu lassen, bevor sie fortfuhr: „Und deshalb sind wir hier. Wir würden Frau Baum gerne etwas näher kennenlernen und denken, dass Sie uns dabei behilflich sein können."

Lizzys Gesichtsausdruck hatte sich schlagartig verändert. Entsetzt schaute sie Ute an. „Sie wurde ermordet? Franzi? Wer tut denn so etwas und warum?"

Mit einfühlsamer Stimme antwortete Ute: „Diese Frage stellen wir uns auch. Fühlen Sie sich in der Lage, uns ein bisschen über Ihre Freundin zu erzählen, oder sollen wir zu einem anderen Zeitpunkt wieder kommen?"

Lizzy umklammerte mit beiden Händen ihre Teetasse und nahm einen vorsichtigen Schluck. „Ich glaube, ich brauche ein paar Minuten, aber dann geht es wohl." Sie atmete tief ein und aus.

Ute wartete einen Augenblick und fragte dann: „Seit wann kennen Sie sich? Was war Franzi für ein Typ?"

„Wir kennen uns schon ewig, wir sind zusammen in die Schule gegangen und haben uns nie aus den Augen verloren, selbst als wir zum Studium in verschiedenen Städten gelebt haben. Da wir beide unser Elternhaus hier in Karlsruhe haben, gab es immer wieder Zeiten, in denen wir uns gesehen haben, ansonsten haben wir uns besucht oder telefoniert. Und heutzutage ist man durch die digitalen Medien ja sowieso ständig in Verbindung."

„Wenn Sie zusammen in die Schule gegangen sind, dann kennen Sie vielleicht auch Herrn Meister?" Ute schaute in ihrem Notizbuch nach: „Frank Meister."

Die Überraschung hätte nicht größer sein können. „Frank? Natürlich kenne ich den, der war damals schwer verliebt in Franzi. Wie kommen Sie jetzt auf ihn?"

„Es gab ein zufälliges Treffen im Tagungshaus, in dem Ihre Freundin an einem Coaching teilnahm. Hat Franzi seine Zuneigung erwidert?"

Lizzy suchte nach den richtigen Worten. „Sie fühlte sich auf der einen Seite geschmeichelt und genoss, dass sie für ihn von großer Bedeutung war. Die beiden haben viel Zeit miteinander verbracht." Sie zögerte. „Ich glaube, Frank hat sich ernsthaft Hoffnung gemacht, dass das etwas fürs Leben werden könnte. Auch da kam das Studium dazwischen, aber die Entfernung war überschaubar, und er ist oft bei ihr aufgetaucht. Es hat nicht allzu lange gedauert, dann hat er sein Studium an den Nagel gehängt und gesagt, dass er lieber praktisch tätig werden wolle und hat eine entsprechende Ausbildung angefangen."

Lizzy machte eine Pause. „Ich weiß gar nicht, wie ich das jetzt sagen soll: Franzi war sehr ehrgeizig, und da hat sie kurzerhand mit ihm Schluss gemacht. Ich wollte ihr damals ins Gewissen reden und habe gesagt, dass sie einen Menschen doch nicht von seinem Berufsabschluss abhängig machen kann, aber für sie war das Thema durch. Sie meinte, es gäbe auch andere interessante Männer. Nach einigen Bekanntschaften hat sie schließlich Jens kennengelernt, und die beiden haben geheiratet."

„Erzählen Sie weiter: Wie war die Ehe, und wie kam es, dass sich die beiden getrennt haben?"

Lizzy nahm einen Schluck Tee und schaute aus dem Fenster. „Sie waren zunächst sehr glücklich, er war Ingenieur und hatte eine interessante Stelle, sie hat in einer Diabetespraxis gearbeitet. Das ging einige Jahre gut, bis seine Stelle gestrichen wurde. Da fing er an zu trinken. Franzi hat es nicht gleich bemerkt oder sie wollte es nicht bemerken, aber sie entdeckte dann an den verschiedensten Stellen in der Wohnung Flaschen mit Alkohol. Anfangs war es nur Rotwein, aber es hat sich gesteigert zu hochprozentigen Getränken."

Es fiel ihr schwer, weiterzusprechen, und Ute gab ihr die Zeit, die sie brauchte, um den Faden wieder aufzunehmen. „Er hat sich in der Zeit sehr verändert. Es ging so weit, dass Franzi manchmal Zuflucht bei mir gesucht hat und hier über Nacht blieb, weil er gewalttätig wurde. Schließlich hat sie sich mit einer Rechtsanwältin besprochen und ihm mitgeteilt, dass sie sich scheiden lassen will. Sie hat ihn vor die Wahl gestellt: Entweder sucht er sich eine andere Wohnung oder sie zieht aus. Er hat sie angefleht und Besserung versprochen, aber sie blieb zum Glück hart. Da er sich die Wohnung nicht mehr leisten konnte, hat er schließlich seine Sachen gepackt und sich eine kleine Wohnung in der Südstadt genommen. Die beiden hatten nur noch den allernötigsten Kontakt, aber er muss völlig abgedriftet sein." Lizzy zuckte hilflos mit den Schultern und schüttelte leicht den Kopf.

„Das war bestimmt alles nicht leicht für sie. Hatte sie familiären Rückhalt? Wie war zum Beispiel ihr Verhältnis zu ihrem Bruder?"

„Bertram ist jünger als sie, ich glaube zwei oder drei Jahre. Die beiden waren nicht gerade das, was man ein Herz und eine Seele nennt. Sie fühlte sich ihm überlegen und machte auch kein Geheimnis daraus. In letzter Zeit hat er versucht, sie unter Druck zu setzen wegen des Verkaufs des Elternhauses, aber sie wollte warten, bis sie die Scheidung hinter sich hat. Da hat sie sich irgendwie verrannt. Keine Ahnung, ob sie da recht hatte, aber sie ließ sich jedenfalls nichts sagen in dieser Beziehung."

„Und wie ging es ihr in der Praxis, in der sie gearbeitet hat? Sie haben vorhin von einer Diabetespraxis gesprochen, aber damit meinten Sie nicht den letzten Arbeitsplatz, oder?"

Über Lizzys Gesicht huschte ein kurzes Lächeln. „Nein, das liegt einige Zeit zurück. In der jetzigen Praxis hat sie es genossen, dass sie ihren eigenen Bereich hatte, in den ihr niemand reinreden konnte. Ihr Kollege, der für die Kochkurse zuständig war, hat es zwar immer wieder versucht, aber da lief er gegen eine Wand. Sie war von sich und ihrer Arbeit überzeugt, dagegen hatte man keine Chance. Sie konnte schon recht stur sein. Ich habe schon vor langer Zeit aufgegeben, sie zu kritisieren, weil ich unsere Freundschaft nicht gefährden wollte. Ich habe schnell gespürt, bei welchen Themen sie sich nichts sagen ließ, und da hätte ich nichts ausrichten können."

„Wissen Sie, wie ihr Verhältnis zu ihrem Kollegen aus der Physiotherapie war?"

„Sie meinen Robin? Ich hatte den Eindruck, dass sie zwar seine Aufmerksamkeit genoss, aber nicht bereit war, sich schon wieder auf eine festere Beziehung einzulassen."

„Ist Ihnen in der letzten Zeit sonst etwas an ihr aufgefallen? War sie irgendwie anders, hat sie etwas beschäftigt?"

Lizzy antwortete ohne zu zögern: „Nein, da wüsste ich nichts. Sie hat auf ihre Scheidung zu gelebt, hatte jetzt dieses Seminar vor sich, von dem sie sich nicht wirklich etwas versprach. Es schien gerade alles in geordneten Bahnen für sie zu laufen."

Ute klappte ihr Notizbuch zu. „Dann danken wir Ihnen für die Zeit, die sie sich genommen haben. Wenn Ihnen noch etwas einfällt, das vielleicht wichtig sein könnte, melden Sie sich gerne bei uns. Ich wünsche Ihnen viel Kraft in der Verarbeitung Ihres eigenen Verlustes, Sie scheinen sich ja wirklich sehr nahe gestanden zu haben."

Lizzy nickte, stand auf, begleitete die beiden Kommissare zur Haustür und verabschiedete sich.

„Sie haben einen wunderschönen Garten!"

Mit einem Lächeln antwortete Lizzy: „Das ist mein großes Hobby, und den Frühling genieße ich besonders, wenn alles wieder anfängt zu blühen."

Alex bemühte sich, dass ihm die Gesichtszüge nicht entglitten und dachte: „Ich genieße das Frühjahr auch besonders, wenn die Luft wieder so richtig erfüllt ist von Pollen!"

Im Wagen sagte Ute: „Lass uns im Büro das Gespräch reflektieren, dann kannst du dich ungestört dem Verkehr widmen."

„Ich habe kein Problem mit dem Verkehr. Wer mal in Griechenland oder Italien im Urlaub war, langweilt sich direkt auf Karlsruhes Straßen."

„Hast du für dieses Jahr schon Urlaubspläne?"

„Gabi will unbedingt nach Paris. Sie hat sich schon eine App heruntergeladen, mit der sie ihr Französisch aufbessern will. Ich bräuchte den ganzen Trubel dort nicht, aber ich freue mich auf die französische Küche. Und wenn sie in eines der Museen geht, sitze ich völlig entspannt in einem Café an der Seine."

„Ich habe es bildlich vor Augen. Ist Gabi damit einverstanden?"

„Ich war mal mit ihr in einem Museum, seither geht sie gerne alleine. Ich hab's nicht so mit der Kunst."

Alex hatte das Auto geparkt und fragte mit einem Blick auf seine Uhr: „Wollen wir unser Gespräch vielleicht nach dem Mittagessen reflektieren? Auf ein paar Minuten hin oder her kommt es jetzt auch nicht mehr an."

„Ich sehe schon: Man muss Prioritäten setzen, also lass uns essen gehen. Wir fragen nur vorher noch kurz bei Frau Stiegelmaier, ob etwas Besonderes anliegt."

Das war nicht der Fall, also gingen sie in die Kantine und nahmen nach dem Essen einen Kaffee mit ins Büro.

Ute schlug ihr Notizbuch auf und begann: „Einiges war uns ja schon bekannt und wurde nur noch etwas verschärft, zum Beispiel die Abfuhr an den ehemaligen verliebten Mitschüler Frank."

„Das fand ich dreist. Dass Frauen so ehrgeizig sein können, oder wie kann man das nennen? Wenn ich mir vorstelle, Gabi würde mich abservieren, bloß weil ich einen Abschluss nicht geschafft hätte! Der Kerl muss doch total in seiner Männlichkeit verletzt worden sein, und dann begegnet ihm plötzlich die alte Liebe mit einem jungen, gutaussehenden Mann – da kann einem schon das Messer im Sack aufgehen."

„Im übertragenen oder wörtlichen Sinne?"

Durch die Nachfrage wurde Alex erst bewusst, was er gerade gesagt hatte. „Na ja, sowohl als auch, wenn man gerade ein Messer dabeihat. Aber die Spusi sprach von einem großen Küchenmesser, das trägt man nicht in der Hosentasche mit sich herum. Aber er hatte noch ein Weilchen Zeit, denn im Beisein dieses jungen Mannes konnte er schlecht tätig werden. Da er sich im Tagungshaus auskennt, hatte er die Möglichkeit, so ein Messer in der Küche zu besorgen. Um die Uhrzeit war da bestimmt niemand mehr im Einsatz."

„Mmh, denkbar. Was mich viel mehr überrascht hat, war die Schilderung des Ex-Ehepartners. Wenn ich mir den vor Augen halte, kann ich mir gar nicht vorstellen, dass er mal eine gute Stellung als Ingenieur hatte. Du hattest gestern gesagt, dass wir mal Herrn Google befragen könnten. Wenn wir das getan hätten, wären wir vermutlich nicht so überrascht, aber ich hatte nicht mehr dran gedacht. Ich frage mich jetzt nur, was für ein Motiv er haben könnte. Was ändert sich an seiner Situation, wenn Franziska tot ist?"

„Vielleicht will er das Kapitel endgültig abschließen und ein neues Leben beginnen?"

Ute zog die Augenbrauen hoch und schaute ihn fragend an. „Das ist jetzt nicht dein Ernst? Du glaubst doch nicht wirklich, dass er in der Lage ist, ohne professionelle Hilfe neu anzufangen?"

„War nur so ein Gedanke. Außerdem wusste er ja gar nicht, wo sie sich aufhält. Da hätte er ihr leichter irgendwann mal nach der Arbeit auflauern können, wenn er endgültig Schluss machen wollte."

„Dann wären wir wieder bei ihrem Bruder, der uns verschwiegen hat, dass er die Bilder im Status angeschaut hat. Ich schlage vor, dass wir ihn in seinem Homeoffice überraschen und fragen, warum er davon nichts erwähnt hat." Sie schaute in ihrem Notizbuch nach seiner Adresse, nannte sie und steckte das Buch dann in den Rucksack. Sie nickte Alex aufmunternd zu, der sich daraufhin mühsam aus seinem Schreibtischstuhl erhob, kurz seine Schneekugel schüttelte und mit einem Seufzer den kleinen Flöckchen zuschaute.

Unterwegs meldete sich das Smartphone von Ute mit fröhlichem Klingelton. Die Rufnummer war ihr unbekannt, sie nannte ihren Namen und war überrascht, als Felix antwortete.

„Ute, ich bin in einer blöden Situation. Ich sitze im Zug nach Chemnitz, dort habe ich morgen mit einigen Kollegen ein Meeting, aber die Bahn hat ein Problem ab Mannheim, das heißt ich würde dort festsitzen. Man hat in Aussicht gestellt, dass dort heute gar nichts mehr geht. Jetzt dachte ich, bevor ich mir in Mannheim ein Hotel nehme und mir den restlichen Tag um die Ohren schlage, frage ich mal an, ob ich bei dir übernachten könnte, natürlich nur, wenn es nicht zu viele Umstände macht."

„Felix, das macht überhaupt keine Umstände! Wir haben uns ja so lange nicht gesehen, ich freue mich, auch wenn der Grund natürlich wirklich blöd ist. Du weißt ja, wo ich wohne, du läutest einfach bei Eberhards, die haben einen Zweitschlüssel für meine Wohnung, und dann machst du es dir gemütlich, bis ich komme."

„Das klingt super – vielen Dank! Ich habe schon mal nach einer Verbindung morgen früh geschaut. Erschrick nicht, die beste Verbindung ist die ab sieben Uhr."

„Ich bin Frühaufsteherin, das bekommen wir locker hin, inklusive Frühstück."

„Du glaubst nicht, wie erleichtert ich bin, also dann bis später."

„Ja, bis dann. Tschüss."

Alex schmunzelte: „Frühaufsteherin! Gut, dass er nicht bei mir angerufen hat. Wenn ich das richtig verstanden habe, war das dein Felix?"

„Was heißt da *mein* Felix? Ja, das war er, und ich sage jetzt am besten noch kurz Eberhards Bescheid, damit auch jemand zu Hause ist, wenn er eintrifft."

Sie wählte die Nummer und schilderte in kurzen Sätzen die Lage. Es war, wie sie erwartet hatte: Für Herrn Eberhard war es überhaupt kein Problem, im Gegenteil, er freute sich auf diesen bestimmt sehr interessanten Besuch.

Inzwischen waren sie an der Adresse von Bertram Müller angekommen. Vor dem Haus standen ein mickriger Baum und zwei Büsche, um die sich offensichtlich niemand kümmerte – ein ganz anderes Bild als das Gärtchen von Lizzy. Sie läuteten und warteten auf eine Reaktion. Sie läuteten ein zweites Mal, dieses Mal etwas länger. Schließlich summte der Türöffner und nachdem sie eingetreten waren, sahen sie einen sichtlich genervten Herrn Müller im Flur vor seiner Wohnungstür.

„Sie schon wieder? Was verschafft mir die Ehre?"

„Wir freuen uns auch, dass wir uns wiedersehen", sagte Alex. „Dürfen wir einen Augenblick hereinkommen?"

Herr Müller ging einen Schritt zur Seite und nickte in Richtung Wohnzimmer. Es war nüchtern und zweckmäßig eingerichtet. Dominant war einzig ein großer Flachbildschirm und ein billiger Druck hinter einem Glasrahmen.

Sie setzten sich, und Alex begann: „Wir wollen Sie nicht allzu lange in Ihrem Homeoffice stören, aber es haben sich schon noch ein paar Fragen ergeben. Warum haben Sie uns nicht gesagt, dass Sie wussten, wo sich Ihre Schwester am fraglichen Abend befunden hat?"

Herr Müller schaute ihn fragend an. „Ich verstehe nicht ganz…?"

„Ich glaube, Sie verstehen mich sehr gut. Wir wissen inzwischen, dass Sie die Bilder angeschaut haben, die Ihre Schwester an ihrem letzten Abend in den Status gestellt hat. Sie haben uns kein Wort davon berichtet."

Man hörte das Erstaunen: „Woher wissen Sie das?"

„Das ist eine ganz simple Sache: Man kann sich die Namensliste derer ansehen, die den Status besucht haben. Zurück zur Frage: Warum haben Sie das verschwiegen?"

„Ich habe es nicht *verschwiegen*, ich habe es nur nicht erwähnt. Ich dachte nicht, dass das von Bedeutung ist."

„Es ist insofern von Bedeutung, dass uns nun natürlich interessiert, wo Sie sich zur fraglichen Zeit aufgehalten haben."

„Ist das jetzt wieder so eine Falle? Woher soll ich wissen, was die fragliche Zeit ist?"

Alex schaute ihn durchdringend an und atmete tief durch. „Wo waren Sie an jenem Abend?"

„Ich war hier und habe mir mit meiner Frau einen gemütlichen Abend gemacht."

Ute übernahm: „Von Lizzy wissen wir, dass das Verhältnis zu Ihrer Schwester nicht gerade herzlich war."

Herr Müller verdrehte die Augen. „Lizzy! Sie war immer auf der Seite von Franziska, ganz egal, ob sie recht hatte oder nicht. Lizzy wird an mir keinen guten Faden hängen lassen, wenn es drauf ankommt, da habe ich überhaupt keine Chance. Aber Sie erinnern sich hoffentlich, dass ich gesagt hatte, dass wir Franziska zu Weihnachten einladen wollten."

„Wenn ich es richtig im Ohr habe, hat Ihre Frau den Vorschlag gemacht, und Sie waren nicht unglücklich, dass Ihre Schwester abgelehnt hat. Ich denke, wir belassen es für den Moment dabei, aber wir werden bestimmt wieder auf Sie zukommen." Sie stand auf, nahm ihren Rucksack und warf Alex einen ermutigenden Blick zu.

Herr Müller ging mit ihnen zur Tür und verabschiedete sie. herausplatzen

„Ich könnte ihn an die Wand klatschen", sagte Alex, als sie im Auto saßen. „Und als Alibi seine Frau zu nennen, ist mehr als dürftig, die stellt sich in jedem Fall auf seine Seite."

„Dass wir wussten, dass er die Bilder gesehen hat, hat ihn schon irritiert. Wir behalten ihn auf der Liste der Verdächtigen. Bevor wir uns da aber in etwas verrennen, würde ich doch nochmal gerne mit einigen Praxismitarbeitern sprechen, vor allem mit Robin und mit Tina. Wir könnten hinfahren und schauen, ob sie da sind, denn es hieß ja, dass die Praxis für den Rest der Woche geschlossen bleibt, weil noch so viel zu besprechen sei. Vielleicht sind sie da und besprechen sich?"

Alex zuckte mit den Schultern: „Von meiner Seite spricht nichts dagegen. Hast du die Adresse?"

Ute nannte sie, sie fuhren los und parkten schließlich auf dem Kundenparkplatz.

Die Tür war geschlossen, aber es brannte Licht im Inneren. Kurz nach dem Läuten öffnete Tina und war sichtlich überrascht, die beiden Kommissare zu sehen.

„Dürfen wir hereinkommen? Wir hätten noch ein paar Fragen."

Tina ging einen Schritt zur Seite: „Selbstverständlich, bitte."

Ute sprach sie direkt an: „Gerne würden wir beispielsweise mit *Ihnen* sprechen. Gibt es einen Raum, wo wir uns ungestört aufhalten können?"

Nach kurzem Zögern antwortete sie: „Der Bereich von Frau Baum ist frei. Ich selbst habe ja kein Büro, da ich immer am Empfang sitze, und im Pausenraum sind gerade die anderen mit Frau Ahrendt zusammen. Wir planen die nächsten Schritte. Ich müsste mich da entschuldigen."

„Tun Sie das, wir warten."

Mit schnellen Schritten ging sie auf eine Tür zu, verschwand dahinter, kam wenige Minuten später zurück und ging voraus zu Franziskas Raum. Er war mit hellen Möbeln eingerichtet: ein Schreibtisch, eine Gesprächsecke, eine Liege, an einer Wand ein Plakat mit verschiedenen Nahrungsmitteln und Tabellen, an der gegenüberliegenden Wand ein abstraktes Gemälde mit kräftigen Farben.

Sie nahmen Platz, und Ute eröffnete das Gespräch: „Wie geht es Ihnen inzwischen? Und wie fühlen Sie sich ausgerechnet hier in diesem Raum?"

Tina schluckte trocken. „Naja, es ist schon komisch, irgendwie beklemmend, als könnte sie gleich hereinkommen."

„Hat sich bei Ihnen auch ein gewisses Gefühl der Erleichterung eingestellt?"

„Ich wage es kaum zu sagen, aber so ist es tatsächlich. Ich kann es gar nicht erklären, aber nach dem ersten Schock bin ich gestern Abend ganz anders nach Hause gegangen, leichter als sonst." Mit großen Augen schaute sie die Kommissarin an: „Macht mich das jetzt verdächtig?"

Ute erwiderte den Blick ernst: „Sie hatten ein Motiv, und wir versuchen, herauszufinden, ob es stark genug für die Tat war."

„Sie glauben wirklich, dass ich zu einem Mord fähig wäre?"

Alex schaltete sich ein: „Wir sind lange genug bei der Kripo, um zu wissen, dass es da keine Tabus gibt."

„Aber wie hätte das denn gehen sollen? Ich wusste ja gar nicht, was Frau Baum an diesem Abend vorhat. Ich habe nur mitbekommen, dass sie den Abend mit Robin verbringen wollte." Sie schüttelte den Kopf, als ob dieser Gedanke völlig absurd sei.

„Ging Ihr Zimmer im Tagungshaus Richtung Straße oder Garten?"

Nachdem ihr klar wurde, was der Hintergedanke der Frage war, antwortete sie erleichtert: „Straße".

„Wie geht es Ihnen denn seit der Tat im Team untereinander?"

Tina zögerte einen Augenblick. „Es ist merkwürdig. Auf der einen Seite liegt nicht die Spannung in der Luft wie sonst, als Frau Baum dabei war, auf der anderen Seite begegnen wir uns nicht so unbeschwert wie wir das getan hatten, als sie nicht dabei war. Es ist, als ob jeder den anderen mit einem gewissen inneren Vorbehalt betrachten würde. Herr Klein hat uns schon prophezeit, dass wir uns als Team ganz neu finden müssen und dass das vielleicht erst wirklich gelingt, wenn der Täter oder die Täterin überführt ist."

„Da hat er vermutlich nicht ganz unrecht. Vielen Dank, wir würden jetzt gerne noch mit Robin Jehlig sprechen."

Sie begleiteten Tina zum Pausenraum und warteten auf Robin, der kurz darauf erschien.

„Guten Tag Herr Jehlig, wir würden gerne noch ein paar Worte mit Ihnen wechseln. Wo können wir das tun?"

„Wir können in meinen Behandlungsraum gehen." Er ging ihnen die paar Schritte voraus und öffnete die Tür. Auch dieser Raum wirkte hell und freundlich, in einer Ecke lag ein großer grüner Ball, auf einem Sideboard verschiedene Hanteln, Bänder, Bälle und Geräte, unter denen sich die Kommissare nichts vorstellen konnten, eine Behandlungsliege mit einem hohen Aufbau und gegenüber eine kleine Gesprächsecke, in der sie Platz nahmen.

Die Kommissare schauten Robin erwartungsvoll an und schwiegen.

Nach langem Schweigen sagte er: „Ich weiß nicht, was Sie noch wissen wollen. Ich kann nichts Neues berichten, es geht mir beschissen, und hier in der Praxis erinnert mich alles an sie. Ich denke immer wieder, sie müsste gleich aus der Tür kommen. Meine Nerven liegen blank."

„Ist Ihnen etwas ein- oder aufgefallen, das zu Ihrer eigenen Entlastung dienen könnte?"

Er seufzte tief: „Sie denken immer noch, dass ich etwas mit dem Mord zu tun haben könnte? Wenn ich etwas wüsste, würde ich es Ihnen gerne sagen, aber ich habe das Gefühl, dass ich keinen klaren Gedanken fassen kann. Alles kreist immer wieder um das romantische Miteinander und dann die schreckliche Entdeckung. Verstehen Sie das wirklich nicht?"

„Wir verstehen das sehr gut, aber Sie müssen auch uns verstehen: Um einen Mord aufzuklären, muss man alle Eventualitäten in Betracht ziehen, das kann für den Einzelnen unangenehm sein. Wir wollen Sie nicht länger bedrängen, danke für Ihre Offenheit. Gerne würden wir noch Frau Ahrendt kennenlernen. Können wir hier in Ihrem Raum bleiben und Sie schicken sie zu uns?"

Erleichtert stand Robin auf, nickte und verabschiedete sich. Es dauerte nicht lange, bis die Tür nach einem kurzen Klopfen wieder geöffnet wurde. Herein kam eine große schlanke Frau in rosafarbenem Kostüm und hellem Top, um den Hals ein dunkelrotes Seidentuch geschlungen. Ihre kurzen Haare zeigten erste graue Strähnen, ihre Haltung war aufrecht und vermittelte einen selbstbewussten Eindruck. Sie ging auf die beiden Kommissare zu, reichte ihnen die Hand und sagte: „Ahrendt, freut mich, Sie kennenzulernen, wenn auch die Umstände alles andere als erfreulich sind."

„Becker und mein Kollege Weingärtner. Danke, dass Sie sich einen Augenblick Zeit nehmen, Sie sind ja wirklich in einer sehr besonderen Situation. Uns würde Ihre Einschätzung von Frau Baum interessieren, zum einen persönlich, zum anderen im Rahmen des Teams."

Frau Ahrendt schaute Ute direkt in die Augen. „Fachlich war Frau Baum unangefochten, Sie hatte ein exzellentes Wissen und legte auch Wert darauf, es ständig auf dem Laufenden zu halten. Sie hatte für den Herbst schon wieder eine Fortbildung in Südtirol geplant mit dem Schwerpunkt auf Kürbiskernöl. Entschuldigung, ich schweife ab."

Sie machte eine nachdenkliche Pause. „Ihre Frage nach dem Team ist schwerer zu beantworten. Nicht umsonst habe ich ein Coaching mit Herrn Klein veranlasst. Ich erlebe ja nur die Spitze des Eisberges, wenn ich mal aus Heidelberg hier vorbeischaue, aber so viel Menschenkenntnis habe ich, dass ich immer sofort eine gewisse Spannung gespürt habe, was das Miteinander der Teammitglieder anbelangt. Und da muss ich leider sagen, dass Frau Baum einen erheblichen Anteil hatte."

„Wie empfinden Sie die Situation jetzt?"

„Ich denke, die Mitarbeiter befinden sich in einer Spannung zwischen Schock, Unsicherheit untereinander und vielleicht sogar einer gewissen Erleichterung, dass es Frau Baum getroffen hat und nicht jemand anderen. Wenn ich es recht verstehe, ist im Moment ja weder das Motiv noch der Täter wirklich klar."

„Sie verstehen es recht. Trauen Sie denn einem Ihrer Mitarbeiter eine solche Tat zu?"

„Das habe ich mich auch schon mehrfach gefragt und komme zu keinem Ergebnis." Ihre Hände machten eine hilflose Geste. „Aber es ist letztlich *Ihre* Aufgabe, es herauszufinden. Wenn ich Sie in irgendeiner Weise unterstützen kann, tue ich es gerne, wüsste aber, ehrlich gesagt, nicht wie. Und dann sitzt mir auch noch die Presse im Genick!"

„Sagen Sie einfach, dass Sie aus ermittlungstaktischen Gründen keine Auskunft geben dürfen. Was beschäftigt Sie sonst?"

„Für uns geht es zunächst darum, nach vorne zu schauen und die Praxis neu zu organisieren. Ich werde dabei die Hilfe von Herrn Klein noch einmal in Anspruch nehmen."

„Dann wünschen wir Ihnen viel Erfolg für die Neuorientierung und danken Ihnen nochmals. Falls Ihnen wider Erwarten doch etwas auffallen sollte, was von Bedeutung sein könnte, melden Sie sich gerne bei mir." Sie reichte ihr eines ihrer Kärtchen und alle standen auf und gingen zur Tür, wo sie sich verabschiedeten.

Im Auto schaute Alex Ute an: „Hat uns das jetzt weitergeholfen?"

„Nicht wirklich, höchstens in der Form, dass ich den Täter oder die Täterin eher nicht in diesem Team sehe." Nach einem Blick auf die Uhr meinte sie: „Lass uns Schluss machen für heute, zu Hause wartet Felix auf mich, und es wird auch schon langsam dunkel."

„Ich habe nichts dagegen, bei mir wartet Gabi, und wenn ich Glück habe, hat sie etwas zu essen vorbereitet."

Er ließ Ute an der nächsten Straßenbahnhaltestelle aussteigen, wo sie auf eine Bahn nach Rüppurr wartete und dann den Rest des Weges nach Hause lief.

Sie winkte Leonie und Torben zu, die im Garten herumtobten, schloss die Haustür auf, schaute in den Briefkasten, nahm ein Schreiben der Bank heraus und ging die Treppen hinauf zur Wohnung von Ehepaar Eberhard.

Kurz nach dem Läuten wurde die Tür geöffnet und Frau Eberhard begrüßte sie: „Guten Abend, Frau Becker, kommen Sie herein! Mein Mann und Ihr Bekannter Felix sind seit Stunden total ins Gespräch vertieft. Ich dachte mir, ich bereite eine Lasagne vor, dann haben Sie keine Arbeit mit dem Abendessen, und wir können so lange beisammensitzen, wie es uns gefällt, natürlich nur, wenn Ihnen das recht ist."

„Frau Eberhard, Sie brauchen sich doch nicht solche Umstände zu machen."

„Das weiß ich, aber Sie haben während des Tages genug Arbeit, ich habe Zeit, und es macht mir Spaß. Also, wie sieht es aus?"

„So gesehen, sage ich natürlich sehr gerne ja. Aber jetzt sollte ich erst mal Felix begrüßen, wir haben uns lange nicht gesehen."

„Sie kennen sich ja aus."

Ute ging ins Wohnzimmer und begrüßte die beiden Männer, die sich angeregt unterhielten.

Herr Eberhard stand auf: „Guten Abend, Sie glauben nicht, was für einen interessanten Nachmittag Sie mir beschert haben! Ich wäre nie auf den Gedanken gekommen, dass man Knochen als Bausubstanz verwenden könnte. Hochspannend, was man alles daraus machen könnte und wie sich das auf die Umwelt auswirken würde."

Felix war auch aufgesprungen, begrüßte Ute und sagte: „Und ich freue mich, dass ich einen so interessierten Zuhörer hatte, der sich für meine Arbeit begeistert. Im Allgemeinen stoße ich eher auf Skepsis, es sei denn, ich spreche in der Fachwelt, aber mit Herrn Eberhard ging der Nachmittag wie im Flug um."

„Ihre Frau hat uns zum Essen eingeladen. Felix, wollen wir vorher deine Sachen runterbringen und deinen Schlafplatz einrichten?"

„Ja, gerne."

Sie wandte sich an Herrn Eberhard: „Wann sollen wir denn wieder auftauchen?"

Er schaute auf seine Armbanduhr: „Was halten Sie von 19 Uhr? Dann können wir in Ruhe essen, die Tagesschau miteinander anschauen" – er zwinkerte ihr zu – „und den Abend mit einem Gläschen Wein ausklingen lassen."

„Das klingt gut, und Sie hatten wirklich nichts anderes vor?"

„Nein, für den heutigen Abend hatten wir noch keinen festen Plan. Wenn Sie den Abend lieber mit Felix verbringen wollen, ist das natürlich auch völlig in Ordnung."

Ute wechselte einen Blick mit Felix, bevor sie antwortete: „Ich glaube, wir können die Zeit sehr gut hier oben mit Ihnen genießen. Bis später."

Sie nickte Felix zu und ging voraus. Er nahm sein Gepäck, das er im Flur abgestellt hatte, und folgte ihr nach unten in ihre Wohnung. Sie zeigte ihm Wohnzimmer, Küche und Bad und blieb dann in einem Zimmer mit Schreibtisch, Bücherschrank und Couch stehen. „Mein Arbeitszimmer ist zugleich Gästezimmer. Die Couch kann man ausziehen und ein Bett daraus machen, auf dem man angeblich gut schläft. Ich hole Bettzeug und Handtücher, dann kannst du dich einrichten."

„Ich hoffe, das macht dir nicht alles zu viel Mühe, aber für mich ist es natürlich deutlich schöner als eine Nacht in irgendeinem Mannheimer Hotelzimmer."

„Das mit der Mühe hatten wir schon, und wenn Frau Eberhard sogar für uns kocht, profitiere ich ja auch." Sie holte Bettwäsche und Handtücher, und sie bezogen gemeinsam das Bett. „Ich mach mich noch ein wenig frisch, dann kannst du ein bisschen von Claudia erzählen. Wir haben eine ganze Weile nichts voneinander gehört, die Zeit vergeht immer so schnell."

Sie ging ins Bad, danach saßen sie plaudernd im Wohnzimmer, bis es Zeit war, wieder nach oben zu gehen, wo sie von einem köstlichen Duft empfangen wurden. Frau Eberhard hatte den Tisch liebevoll gedeckt, alle nahmen Platz und ließen es sich schmecken.

Nach einem sehr unterhaltsamen und interessanten Abend verabschiedeten sich die beiden wieder, und Ute war überrascht, als Herr Eberhard anbot, Felix am nächsten Morgen zum Bahnhof zu bringen. „Dann haben Sie noch ein bisschen Zeit für sich, bevor Sie sich wieder der kriminellen Seite des Lebens widmen, und ich kann mir meine Zeit ja einteilen."

Einen Augenblick überlegte Ute, ob sie widersprechen solle, nahm das Angebot dann aber doch gerne an. Sie vereinbarten, dass sie um 6.30 Uhr starten wollen, um sich jeglichen Stress zu ersparen. Aus dem gleichen Grund deckte Ute noch den Frühstückstisch, bevor sie ins Bett ging.

Freitag

Felix kam in die Küche und strahlte: „Das duftet schon so gut nach Kaffee, ich habe super geschlafen, und es ist ein schöner Frühlingstag, einfach alles perfekt!"

„Dann klappt hoffentlich auch alles mit der Bahn, aber setz dich erstmal und stärk dich."

Sie frühstückten miteinander, Felix nahm sein Gepäck, bedankte sich nochmal für die spontane Gastfreundschaft und fuhr dann mit Herrn Eberhard los. Ute räumte auf, machte sich fertig, überflog die Zeitung und startete später auch zur Arbeit.

Alex betrat kurz nach ihr das Büro. „Guten Morgen, na, habt ihr Knochenhäuser gebaut gestern Abend?"

„Du hast schon mal bessere Witze gemacht! Es war ein sehr interessanter Abend, aber jetzt sollten wir uns aufmachen zu Dr. Fischer."

„Stimmt, vielbeschäftigte Menschen sollte man nicht warten lassen."

Im Vorzimmer des Staatsanwalts begrüßte sie Frau Gros, wie immer in perfektem Outfit, und bat sie, einen Augenblick Platz zu nehmen. „Er telefoniert noch, ist aber gleich für Sie da." Sie behielt das Telefon im Auge, und nachdem das Gespräch beendet war, wartete sie noch einen Moment, klopfte zweimal an die Tür, schaute hinein und nickte dann den beiden Kommissaren zu.

Ute war nicht überrascht, dass Dr. Fischer einen hellbraunen Anzug trug. Sie hatte sich inzwischen daran gewöhnt, dass er Brauntöne bevorzugte, die zur Farbe seiner Augen passten.

Er erhob sich von seinem Ledersessel, ging auf die beiden zu, reichte ihnen die Hand und bat sie, sich an den länglichen Tisch zu setzen und sich gerne mit Wasser zu bedienen.

„Zunächst interessiert mich natürlich, ob der digitale Durchsuchungsbeschluss etwas gebracht hat."

„Ja, wir haben eine Übersicht, wer über den Whats-App-Status von Frau Baum gesehen hat, wo sie sich aufhielt. Dass das unter anderem ihr Bruder war, hat uns überrascht. Aber ich berichte der Reihe nach." Sie fasste die bisherigen Schritte zusammen.

Dr. Fischer unterbrach sie nicht, hörte aufmerksam zu und fragte schließlich: „Sehe ich das richtig, dass Ihnen der Bruder besonders verdächtig vorkommt?"

Ute wechselte einen Blick mit Alex, der langsam nickte. „Wie Sie ja gehört haben, gibt es verschiedene Motive, denen man weiter nachgehen könnte. Wir wollen sie auch nicht völlig ausblenden, aber der finanzielle Druck des Bruders scheint so extrem zu sein, dass er für uns bisher auf der Liste der Verdächtigen ganz oben steht."

In diesem Moment klopfte es zweimal an der Tür, und Frau Gros schaute herein. „Entschuldigen Sie bitte, dass ich unterbreche, aber Frau Stiegelmaier hat gerade angerufen und gebeten, dass Sie möglichst umgehend ins Präsidium kommen sollen. Es hat wohl einen weiteren Mordfall gegeben."

Allen drei Personen stand die Überraschung ins Gesicht geschrieben. Ute nahm ihren Rucksack und ihre Jacke. „Entschuldigen Sie, das ist jetzt ein etwas abrupter Abschied, wir melden uns, wenn wir mehr wissen."

Dr. Fischer reagierte sehr verständnisvoll und auch betroffen und begleitete sie noch zur Tür.

Im Präsidium wartete Frau Stiegelmaier schon auf sie. „Eine Nachbarin von Frau Fulzig hat angerufen und gemeldet, dass sie tot in ihrem Bereich in der Kleingartenanlage liegt."

Ute erschrak: „Lizzy? Damit habe ich jetzt überhaupt nicht gerechnet. Das tut mir leid, eine so sympathische Frau!"

Frau Stiegelmaier zuckte hilflos mit den Schultern. „Ich habe der Spusi schon Bescheid gegeben, sie wollten sich direkt auf den Weg machen. Hier habe ich die Adresse für Sie und auch die der Nachbarin, sie heißt Schlemmer."

Alex nahm die Notiz entgegen, schaute kurz darauf und nickte: „Kenne ich, also los."

Sie bedankten sich bei der Sekretärin und fuhren los. Unterwegs sagte Alex: „Ich hätte ja doch gerne meine Pollenbrille aufgesetzt, denn in diesen Kleingärten blüht bestimmt schon alles, was Rang und Namen hat."

„Übertreib nicht, dort werden doch Blumen und Gemüse gepflanzt, keine Bäume!"

Als sie ankamen, gingen sie durch das Tor mit der Aufschrift „seit 1947 Kleingartenanlage Rüppurr". Sie brauchten nicht lange nach dem entsprechenden Bereich Ausschau halten, denn sie sahen schon von weitem die weißen Schutzanzüge der Spurensicherung und gingen gezielt dorthin. Lizzy lag bäuchlings auf dem Boden neben einem ihrer gepflegten Beete, in der Hand hielt sie eine Harke umklammert. Auf dem Hinterkopf klebte getrocknetes Blut.

Gerd kniete neben der Leiche und schaute auf, als er die beiden kommen hörte. „Guten Morgen, wenn man das so sagen kann, denn wenn der Tag mit einer Leiche beginnt, ist das ja nicht wirklich ein guter Mor-

gen. Sieht so aus, als ob sie mit einem flachen Gegenstand erschlagen wurde, vielleicht mit einem Brett."

Alex unterbrach ihn: „Oder einem Spaten zum Beispiel:"

Gerd war überrascht: „Höre ich hier einen Hobby-
gärtner sprechen? Ja, meinetwegen auch ein Spaten.
Das Ganze ist schon gestern passiert, ich würde sagen
am frühen Abend, aber den genauen Todeszeitpunkt
bekommt ihr natürlich nach der Obduktion."

Um keine Spuren zu verwischen, ging Ute vorsich-
tig um das Beet herum zu der Gartenhütte, deren Tür
offenstand, und schaute hinein. In einer Ecke standen
Kisten mit verschiedenen Gartengeräten und Hand-
schuhen, der Rest des kleinen Raumes war behaglich
eingerichtet, vermutlich für eine Pause, wenn das Wetter nicht einlud, draußen zu sitzen. An der Wand lehnte ein orangefarbener Sonnenschirm, darunter lagen
zwei Polster für die Gartenmöbel im Freien. Nichts
deutete auf eine Auseinandersetzung oder ähnliches
hin.

„Habt ihr mit der Frau gesprochen, die den Tod gemeldet hat?"

„Ja, aber wir haben sie nach Hause geschickt und
gesagt, dass ihr später bei ihr vorbeikommt. Sie war
ziemlich mitgenommen und wäre uns hier nur im Wege gestanden."

„Gut, dann wollen wir nicht auch im Weg herum-
stehen und fahren zu ihr. Wir hören dann ja von euch.
Vielen Dank!"

Auf dem Weg zurück ließ Ute ihren Blick schweifen und war beeindruckt, was schon alles blühte:
Obst- und auch Zierbäume, Forsythien, Narzissen,
Hyazinthen, Tulpen und weitere Frühjahrsblüher. Sie
war auch angetan von den gepflegten Parzellen, die

als Ganzes ein sehr harmonisches Bild abgaben mit ihren kleinen Rasenstücken, Gemüsebeeten und Hütten. Manche luden förmlich ein, sich hinzusetzen und den Frühling zu genießen. Alex hatte für all das keinen Blick und steuerte auf das geparkte Auto zu.

„Okay, dann also zu Frau Schlemmer. Hoffentlich ist sie schon im Stande, eine vernünftige Aussage zu machen. Ich frage mich ja, wie es kommt, dass sie um diese Uhrzeit die Leiche ihrer Nachbarin dort findet."

„Das kommt mir auch merkwürdig vor, aber wir wollen keine voreiligen Schlüsse ziehen."

Sie fanden einen Parkplatz direkt vor dem Haus, stiegen aus und läuteten. Es öffnete eine blond gelockte Frau in einer Jogginghose und gelbem T-Shirt. Ute schätzte sie auf etwa Mitte dreißig, hielt ihr den Ausweis hin und stellte sich und den Kollegen vor.

Frau Schlemmer bat sie herein, schaute auf die Uhr und rief nach hinten: „Max, beeil dich, es ist Zeit für die Schule!"

Unmittelbar darauf tauchte ein Junge mit einem bunten Schulranzen auf, in einer Hand noch ein angebissenes Brötchen, murmelte etwas Unverständliches und verließ das Haus mit einem kurzen Winken.

„Wir können uns in die Küche setzen, ich räume nur schnell die Frühstückssachen weg. Wollen Sie einen Kaffee?" Frau Schlemmer war sichtlich bemüht um ihre Fassung.

Alex erwiderte: „Gerne, schwarz." Ute schüttelte den Kopf: „Nein, danke."

Die Küche hatte Möbel in hellen Grautönen und schien der gemütliche Raum der Wohnung zu sein. Der Tisch stand vor einer Eckbank mit blauen Polstern, rund um den Tisch drei Stühle mit den gleichen Polstern. An der Wand hingen ein paar Kinderzeichnungen, ein bunter Blumenstrauß verströmte einen betörenden Duft. Etliche Küchengeräte ließen darauf schließen, dass hier gut und gerne gekocht wird.

Frau Schlemmer stellte eine große Tasse Kaffee vor Alex und setzte sich zu ihnen an den Tisch.

„Nun erzählen Sie, wie es kam, dass Sie Ihre Nachbarin in der Gartenanlage gefunden haben. Das muss ja ein gehöriger Schock für Sie gewesen sein."

„Das kann man wohl sagen, aber es fing schon gestern Abend an. Ich war überrascht, dass Lizzy ihre Rollläden nicht heruntergelassen hat, dachte aber, dass sie vielleicht etwas vorhatte und erst spät nach Hause kommt. Aber heute Morgen war es das gleiche Bild. Sie müssen wissen, dass ich sehr früh aufstehe, also war es unwahrscheinlich, dass sie die Läden schon hochgezogen hat."

Ute meinte anerkennend: „Das nenne ich aufmerksame Nachbarschaft. Wir haben schon erlebt, dass eine Leiche tagelang in einer Wohnung lag, bis es jemand zufällig bemerkt hat."

„Ja, wir haben ein sehr gutes nachbarschaftliches, um nicht zu sagen freundschaftliches Verhältnis. Neben der Sache mit den Rollläden fiel mir noch auf, dass Fräulein Glück ganz jämmerlich im Garten saß."

Die beiden Kommissare schauten sie befremdet an: „Fräulein Glück? Wer ist das denn?"

Ein kleines Lächeln huschte über das Gesicht der Nachbarin: „Das ist Lizzys Katze. Sie hat sie als kleines Kätzchen bekommen und sagte, dass sie möchte, dass sie glücklich aufwächst. So hat sie das Tierchen Fräulein Glück genannt. Sie darf freilaufen, spielt gerne an der Alb, aber kommt immer gerne zu Lizzy zurück. Sie hat bestimmt bemerkt, dass etwas nicht stimmt. Ich habe bei Lizzy geklingelt, aber sie hat nicht aufgemacht, was meine Beobachtung mit den Rollläden bestätigt hat. Ich nehme Fräulein Glück jetzt zu mir, sie ist ja unkompliziert und ohnehin fast den ganzen Tag unterwegs. Dann muss sie sich nicht groß umstellen."

Sie machte eine kleine Pause, bevor sie fortfuhr: „Normalerweise gibt mir Lizzy Bescheid, wenn sie über Nacht wegbleibt. Da das ja nicht der Fall gewesen ist, habe ich überlegt, was sie gestern noch gemacht haben könnte. Ich habe mich mit meinem Mann besprochen, ihm kam das Ganze auch merkwürdig vor. Da er von zu Hause aus arbeitet, musste ich mir keine Gedanken wegen Max machen und bin mit dem Fahrrad zu den Schrebergärten gefahren. Dort hat Lizzy gerne in ihren Beeten gearbeitet. Sie hat sich sehr mit Humus beschäftigt und war da an einer Versuchsreihe mit einem Institut beteiligt. Aber das interessiert Sie natürlich nicht, Entschuldigung, ich bin noch ganz durcheinander. Ich bin da also hingefahren und habe sie tatsächlich gefunden und sofort bei der Polizei angerufen."

Ute dachte nach: „Ist Ihnen gestern etwas komisch vorgekommen? Wir waren ja gerade gestern noch bei ihr und haben sie über den Tod ihrer Freundin Franziska informiert. Kann das etwas ausgelöst haben?"

Frau Schlemmer erschrak: „Franziska ist tot? Das wusste ich nicht – sie war auch an diesem Humusprojekt beteiligt. Nein, ich habe Lizzy gestern nicht gesehen, ich war mit Max in der Stadt. Der Junge ist in einer Wachstumsphase und braucht dringend neue Hosen, aber das ist für ihn natürlich nicht besonders spannend, deshalb sind wir hinterher noch in den Zoo gegangen, und da geht dann ein Nachmittag schnell vorbei."

„Wissen Sie Näheres zu diesem Humusprojekt? Mit welchem Institut hat sie zusammengearbeitet?"

„Tut mir leid, aber das hat mich nicht so interessiert. Sie hat zwar gerne über ihre Entdeckungen erzählt, was da alles im Boden passiert und was das für die Landwirtschaft bedeuten könne, aber über das Institut haben wir nicht gesprochen."

„Wenn Sie ein so gutes Verhältnis hatten, wissen Sie vielleicht auch, was Lizzy beschäftigt hat. Gab es Probleme, privat oder bei der Arbeit? Was hat sie eigentlich gearbeitet?"

„Sie war in einem Gartenzentrum beschäftigt. Sie hat immer gesagt, dass sie ihr Hobby zu ihrem Beruf gemacht hat. Ich kann mir nicht vorstellen, dass es da Probleme gab, sie war ja sowohl im Blick auf die Pflanzen sehr engagiert als auch gegenüber Kunden ausgesprochen freundlich und hilfsbereit. Sie hat Leute gerne beraten, wenn sie unsicher waren, was in ihren Gärten gut wachsen könne, je nach Boden. Nein, da kann es eigentlich keine Probleme gegeben haben, sie ist immer gern zur Arbeit gegangen. Und privat? Sie hat alleine gelebt und das offensichtlich gern, hatte einen großen Bekanntenkreis, und auch da wüsste ich nicht, welche Schwierigkeiten es gegeben haben könnte. Sie haben sie ja kurz kennengelernt, sie war sympathisch und unkompliziert."

„Wissen Sie, ob sie Kontakt zu Franziskas Bruder oder Ehemann hatte?"

„Manchmal haben wir zu dritt Kaffee getrunken, und da kam dann schon mal die Rede auf die beiden. Der Ehemann muss sich im Lauf der Jahre sehr geändert haben, wenn ich das richtig interpretiert habe, bis hin zu Gewalt gegenüber Franziska. Bevor sie sich getrennt haben, hat sie hin und wieder bei Lizzy über-

nachtet. Da muss man ja nur eins und eins zusammen-
zählen, um sich einen Reim drauf zu machen."

Sie schüttelte bedauernd den Kopf, bevor sie wei-
tersprach: „Und der Bruder, na ja, der war wohl richtig anstrengend. Er wollte unbedingt das Elternhaus
verkaufen, aber Franziska ließ sich nicht unter Druck
setzen. Ich würde sagen: Die beiden waren richtig ver-
kracht. In solchen Fällen frage ich mich immer: Haben sie das Erbe schon geteilt?! Daran gehen doch die
besten Familien kaputt, selbst wenn sie es sich vorher
nie vorstellen konnten."

„Zurück zu Lizzy – hat sie Position bezogen, sich
vielleicht eingemischt?"

„Sie war natürlich auf Franziskas Seite und hat sie
unterstützt, wo immer sie konnte. Für sie muss der
Tod der Freundin ein gewaltiger Schlag gewesen sein.
Deshalb ist sie wahrscheinlich in ihren Garten gegangen. Das war für sie immer wie Medizin, wenn sie in
der Erde graben konnte. Ich kann das Ganze noch gar
nicht fassen, und jetzt auch noch der Tod von Lizzy!"

Ute sagte mitfühlend: „Für Sie ist das auch nicht
leicht, Sie sagten ja, dass Sie freundschaftlich verbun-
den waren. Wir danken Ihnen für den Moment. Wenn
wir weitere Fragen haben sollten, kämen wir wieder
auf Sie zu, und wenn Ihnen noch etwas einfällt, was
wichtig sein könnte, melden Sie sich bei uns." Mit diesen Worten holte sie eines ihrer Kärtchen aus dem
Rucksack, gab es Frau Schlemmer und stand auf.

Alex trank den letzten Schluck Kaffee und erhob
sich ebenfalls. Frau Schlemmer begleitete sie zur Tür:
„Kann ich sonst noch etwas tun oder mich um irgendetwas kümmern? Es ist alles so furchtbar, ich denke
immer wieder, es ist ein Alptraum, und ich müsste
gleich aufwachen."

„Nein, danke, Sie haben uns bereits sehr geholfen."

Sie verabschiedeten sich. Im Auto schüttelte Alex den Kopf: „Fräulein Glück! Auf so einen Namen muss man erstmal kommen." Er startete den Motor. „Wohin?"

„Als du vorhin den Spaten erwähnt hast, ist vor meinem geistigen Auge wieder der Gärtner aufgetaucht. Er kannte Lizzy von früher, dann die Sache mit dem Humus, vielleicht liegt das Motiv ja doch auf einer völlig anderen Ebene, als wir bisher dachten. Andererseits: Warum sollte er sie nach den vielen Jahren, in denen sie keinen Kontakt hatten, umbringen? Ich kann mir beim besten Willen keinen Reim drauf machen, aber es hindert uns ja nichts, ihn nochmal zu befragen. Entweder ergibt sich dann etwas, oder wir können ihn erst mal von der Liste streichen."

„Von hier aus ist es ohnehin nicht weit bis Ettlingen, also warum nicht?" Sie fuhren los und parkten beim Tagungshaus.

Frau Rath schaute überrascht auf, als sie das Foyer betraten. „Guten Tag Frau Becker, Herr Weingärtner, gibt es etwas Neues im Fall? Ich werde hier ständig von Presseleuten bedrängt, denen ich weder etwas sagen kann noch will, aber es setzt mich doch sehr unter Druck. Dazu kommt die Anspannung, die ich einfach nicht loswerde."

Ute lächelte verständnisvoll: „Wir können Sie gut verstehen, auch was die Presse anbelangt, aber diese Leute machen auch nur ihre Arbeit, und die lebt nun mal von Sensation und Aktualität. Nein, wir kommen aus einem anderen Grund: Wir würden gerne nochmal kurz mit Herrn Meister sprechen, wenn das möglich ist."

Frau Rath schaute auf ihren Bildschirm, tippte etwas ein und sagte dann: „Er müsste bei den Beeten hinten im Garten sein. Soll ich ihn rufen oder wollen Sie direkt draußen nach ihm schauen?"

„Danke, wir gehen raus. Vielleicht können wir dann einfach einen Ihrer Pavillons benutzen – das Wetter ist so schön."

Alex konnte nur mit Mühe einen Seufzer unterdrücken. Ihm wäre ein Raum mit geschlossenen Fenstern deutlich lieber gewesen.

Sie verließen das Foyer, gingen in den Garten und schauten sich um. Sie sahen den Gärtner, der an einem der Beete auf einer Matte kniete und kleine Pflänzchen in den Boden setzte.

„Herr Meister, dürfen wir Sie einen Augenblick in Ihrer Arbeit unterbrechen?"

Da er nicht damit gerechnet hatte, dass ihn jemand anspricht, war er völlig überrascht und blickte auf. Er wischte sich die Hände an einem Tuch ab, das neben ihm auf der Matte gelegen hatte und richtete sich mühsam auf.

„Mit Ihnen habe ich nicht mehr gerechnet. Was führt Sie zu mir?"

„Wollen wir uns vielleicht in einen der Pavillons setzen? Wir haben noch ein paar Fragen an Sie."

Ute ging voraus, die beiden Männer folgten ihr zu einem Pavillon, in dem sie sich um den Tisch setzten.

„Sie kennen Lizzy? Lizzy Fulzig."

Der Gärtner grübelte und murmelte: „Lizzy, Lizzy? Sie sprechen jetzt aber nicht von der Lizzy aus der Schulzeit?"

„Doch, genau von der spreche ich. Sie wohnt in Rüppurr. Sind Sie ihr die Tage mal begegnet?"

Er schüttelte den Kopf: „Warum sollte ich ihr begegnet sein? Ich verstehe das Ganze hier nicht."

Alex mischte sich ein: „Herr Meister, wo waren Sie gestern Abend?"

Die Verblüffung schien echt zu sein. „Gestern Abend? Weshalb interessiert Sie das?"

„Beantworten Sie doch einfach meine Frage."

„Ich war bei einer Geburtstagsfeier in Langensteinbach."

„Und von wann bis wann waren Sie dort?"

„Von 18 Uhr bis kurz nach Mitternacht, aber jetzt würde ich doch gerne wissen, was diese Fragen zu bedeuten haben."

Ute antwortete: „Lizzy wurde ermordet aufgefunden, und da Sie sowohl Franziska als auch Lizzy von früher kannten, wollten wir sicher gehen, dass Sie nichts mit der Sache zu tun haben. Entschuldigen Sie bitte, aber Sie werden verstehen, dass wir jeder Spur nachgehen und sei sie noch so klein."

Herr Meister war sichtlich erschüttert: „Lizzy wurde ermordet? Das kann doch nicht sein, ist das eine Falle?"

„Leider nein, und wir versuchen, den Zusammenhang zum Tod von Franziska herauszufinden. Vermutlich wissen Sie nichts von einem Humusprojekt, dem Lizzy nachging?"

„Ein Humusprojekt? Nein, aber das klingt ja spannend. Jetzt tut es mir fast leid, dass wir uns nicht mehr über den Weg gelaufen sind. Hat das eine Bedeutung für ihren Tod?"

„Das wissen wir noch nicht, wir gehen, wie gesagt, allen Spuren nach. Vielen Dank für Ihre Zeit, wir wollen Sie nicht länger von Ihrer Arbeit abhalten."

Die Kommissare standen auf, der Gärtner blieb noch einen Moment wie betäubt sitzen, bevor auch er sich erhob. Sie verabschiedeten sich und gaben auch Frau Rath noch kurz Bescheid, dass sich nichts Neues ergeben habe.

Alex' Blick hatte etwas Schelmisches, als er wie beiläufig sagte: „Ich hätte eine grandiose Idee, wo wir schon in Ettlingen sind."

„Lass mich raten: Du siehst einen großen Vogel am Horizont?"

„Du kannst Gedanken lesen!"

„Wie lange kennen wir uns?!"

„Wäre das für dich in Ordnung?"

„Ich will es mir ja nicht verscherzen mit dir, und wenn du Hunger hast, bist du lange nicht so gut drauf wie sonst, also fahr schon los."

Alex startete voller Vorfreude den Motor und fuhr in Richtung Vogelbräu, wo sie sich dann wieder einen Platz auf der oberen Ebene suchten. Nachdem sie die Getränke bestellt hatten, studierten sie die Karte.

Ute hatte sich schnell entschieden: „Ich nehme das pikante Gemüsecurry."

„Und ich die Knusper-Haxe mit Biersoße und Semmelknödeln. Das bisschen Bier ist mit Sicherheit verflogen, bis wir wieder im Auto sitzen."

„Du musst es wissen, ich halte mich raus."

Es dauerte nicht lange, bis das Essen serviert wurde, das sie beide genossen. Ein Espresso rundete das Ganze ab, dann beendeten sie ihre Pause.

Im Auto meinte Ute: „Vielleicht sollten wir es nochmal bei Herrn Baum versuchen? So wie es aussieht, scheint die Praxis endgültig draußen zu sein, denn was sollten die mit Lizzy zu tun haben? Und der Gärtner ist entweder ein perfekter Schauspieler oder er hat tatsächlich nichts mit der Sache zu tun. Aber er kannte beide Frauen von früher, es ist schon ein merkwürdiger Zufall. Ich schließe ihn nicht völlig aus."

„Schon Reinhard Mey hat ja behauptet, dass der Mörder der Gärtner war! Wir behalten ihn im Auge, aber sind jetzt erstmal auf dem Weg in die Südstadt und auf Parkplatzsuche."

Zur großen Überraschung von Alex fanden sie einen Platz in unmittelbarer Nähe der angestrebten Adresse. Allerdings hatten sie kein Glück, als sie bei der Wohnung klingelten. Es rührte sich nichts, auch auf mehrfachen Versuch nicht.

„Satz mit x! Fahren wir zurück ins Präsidium? Vielleicht gibt es ja schon erste Hinweise aus der Spurensicherung."

Ute stimmte zu, und sie fuhren los.

Im Büro riefen sie bei Gerd an und fragten, ob er schon etwas sagen könne.

„Die Fußspuren, die deutlich genug waren, ergeben Schuhgröße 46, das heißt, wir gehen höchstwahrscheinlich von einem Mann aus. Da wir auch eine Bodenprobe mitgenommen haben, könnten wir eine Übereinstimmung feststellen, wenn ihr uns die richtigen Schuhe vorbeibringt. Bei der Verletzung am Kopf waren Spuren von Erde zu finden, das Tatwerkzeug könnte also tatsächlich ein Spaten gewesen sein. Mehr kann ich leider noch nicht sagen, Dr. Blauthaler ist noch am Werk. Er oder sein Assistent wird sich bei euch melden, wenn sie so weit sind."

„Okay, dann heißt es warten." Ute dachte nach und sagte dann: „Außer den Verdächtigen gibt es noch eine ganz andere Möglichkeit: Vielleicht sind doch die Bilder im Status der Schlüssel? Ich glaube, wir sollten uns die Liste mal in aller Ruhe anschauen." Sie nahm die Liste aus der Mappe, die sie für diesen Fall angelegt hatte. „Schneller geht es vermutlich, wenn wir unsere EDV-ler einbeziehen, denn die haben sich mit den einzelnen Leuten ein bisschen vertraut gemacht."

„Stimmt auch wieder, also mal sehen, was sie uns berichten können."

Sie gingen zu deren Büros und klopften an. „Dürfen wir stören?"

„Ihr dürft immer kommen, da kann von ,Stören' nicht die Rede sein. Was gibt's denn?"

„Ihr habt uns doch die Liste der Leute gegeben, die sich die Bilder im Status angeschaut haben. Ist euch bei den Namen etwas aufgefallen?"

Thomas dachte kurz nach: „Am auffallendsten war der Bruder und eben diese Lizzy, die ihr ja inzwischen kennengelernt habt."

Alex unterbrach ihn: „Und die inzwischen ebenfalls ermordet wurde."

Die beiden EDV-ler schauten erschreckt auf. „Na, da räumt ja jemand auf, ich fasse es nicht!"

Einen Augenblick herrschte betretenes Schweigen, bevor Thomas den Faden wieder aufnahm: „Wir haben noch ein paar Namen überprüft, aber da kam nichts Besonderes dabei heraus, das müssen eher Kontakte von früher gewesen sein. Aber wir können den restlichen Namen natürlich nachgehen, wenn es euch wichtig erscheint. Es ist ein bisschen aufwendig, aber für euch machen wir das doch gerne." Er zwinkerte den Kommissaren zu.

„Ja, das wäre gut, auch wenn wir natürlich keine Ahnung haben, ob uns das dann weiterhilft."

„Dann hält uns nichts – an die Arbeit!"

Zurück im Büro erledigten sie verschiedene Schreibarbeiten, bis das Telefon klingelte. In gewohnt kurzen Sätzen gab Dr. Blauthaler das Ergebnis der Obduktion durch: „Tod durch einen sehr kräftigen Schlag mit flachem Gegenstand auf den Hinterkopf. Nachweis von Adrenalin und Noradrenalin. Ausschüttung bei kurzzeitigem Stress. Zum Beispiel kurze Auseinandersetzung oder Angstsituation. Todeszeitpunkt gegen 18 Uhr."

Alex fragte nach: „Sie meinen also nicht, dass sie von hinten überrascht wurde?"

„Ja, genau das meine ich nicht. Der genaue Bericht folgt per Mail."

Damit war das Gespräch beendet, und Alex murmelte vor sich hin: „Immer wieder erfrischend, seine Mitteilungsfreude."

„Wenn es tatsächlich einen Streit gegeben hat, dann könnte das vielleicht jemand gehört haben." Mit diesen Worten stand Ute auf und ging zu Frau Stiegelmaier. Sie schilderte ihr die Situation und bat sie, einen Aufruf an die Besitzer der Parzellen zu starten, dass sich eventuelle Zeugen melden mögen. „Ich weiß, dass das nicht ganz einfach sein wird, herauszufinden, wer etwas gehört haben könnte, aber wenn das jemand schafft, dann Sie. Bei der Gelegenheit frage ich gleich auch, ob Sie morgen schon etwas Besseres vorhaben als hier vorbeizukommen?"

Frau Stiegelmaier lächelte: „Im Ruhestand habe ich noch genügend freie Samstage. Ich hatte mir bereits gedacht, dass wir uns morgen hier sehen werden, kein Problem."

„Da fällt mir ein Stein vom Herzen, vielen Dank!" Sie ging zurück ins Büro. „Alex, bevor wir hier müßig herumsitzen und warten, ob sich etwas Neues ergibt, können wir genauso gut nochmal in die Kleingartenanlage fahren. Frau Stiegelmaier wird zwar einen Aufruf starten, dass sich Zeugen melden sollen, aber vielleicht treffen wir dort direkt auf jemanden, der etwas gehört oder gesehen hat. Bei diesem tollen Wetter würde ich auf jeden Fall im Garten arbeiten, wenn ich einen hätte."

Alex nahm seine Schneekugel in die Hand, schüttelte sie kräftig und beobachtete die Flöckchen, die langsam auf den Kölner Dom fielen. Danach fühlte er sich etwas entspannter, nickte und stand auf.

Als sie kurz nach dem Hauptbahnhof auf die Ettlinger Allee einbogen, sahen sie, wie ein Wagen einen Radfahrer anfuhr, den er offensichtlich nicht gesehen hatte. Der Radfahrer stürzte und blieb liegen. Alex stellte die Warnblinkanlage an und fuhr an den Straßenrand. Zu Ute sagte er: „Kümmere du dich um den Radler, ich sichere die Unfallstelle und informiere die Kollegen, eine Polizeistelle ist ja ganz in der Nähe."

Beide nahmen die Warnweste aus der Seitentasche der jeweiligen Tür, stiegen aus und zogen sie an.

Ute ging rasch zu dem Mann, der gerade versuchte, aufzustehen. Das Rad lag quer neben ihm. Der Unfallverursacher stand bei ihm und reichte ihm die Hand. Er murmelte in einem fort: „Ich weiß gar nicht, wie das geschehen konnte! Ich weiß gar nicht, wie das geschehen konnte."

„Haben Sie schon einen Krankenwagen informiert?"

Verblüfft schaute sie der Autofahrer an: „Einen Krankenwagen? Nein, brauchen wie denn einen?"

Ute wandte sich an den Verletzten, der massive Schürfwunden im Gesicht und auch am linken Arm hatte. Glücklicherweise trug er einen Helm: „Wie geht es Ihnen? Können Sie aufstehen?"

„Mir ist schwindelig, aber ich versuche es."

„Dann bleiben Sie lieber auf dem Boden sitzen, bis der Krankenwagen kommt. Sie könnten eine Gehirnerschütterung haben." Sie rief die Notfallnummer an und schilderte in kurzen Sätzen den Unfallhergang und den Ort, an dem sie sich befanden.

Alex hatte mittlerweile das Warndreieck aufgestellt, die Kollegen informiert und kam mit der Autoapotheke zu der Gruppe. Als er die Wunden sah, meinte er sofort: „Das muss professionell gereinigt werden, da fangen wir gar nicht erst an." Er fragte den Autofahrer: „Sie kamen von der Südtangente hoch. Haben Sie den Radfahrer nicht gesehen, oder meinten Sie, dass Sie noch vor ihm auf die Straße einbiegen können?"

„Ich weiß nicht, wie das passieren konnte, ich habe ihn nicht gesehen. Ich weiß wirklich nicht, wie das passieren konnte!"

Schon hörte man das Martinshorn, ein Polizeiwagen kam, und zwei Polizisten stiegen aus. Der eine ging auf Alex zu und bedankte sich für die Erstmaßnahmen, der andere sprach den Unfallverursacher an und fragte nach dessen Namen und dem Unfallhergang.

„Einen Krankenwagen haben wie bestellt. Es könnte sein, dass der Radfahrer eine Gehirnerschütterung hat. Können wir im Moment sonst noch etwas tun?"

„Danke, nein. Es war ja schon eine große Hilfe, dass Sie gerade zur richtigen Zeit hier vorbeigekommen sind."

Der jüngere Beamte holte ein Warndreieck aus dem Wagen und stellte es auf, so dass Alex seines wieder mitnehmen konnte.

Die beiden Kommissare stiegen in ihr Auto und fuhren weiter in Richtung Kleingartenanlage. Dort sahen sie gleich, dass sich in der Nähe der noch abgesperrten Parzelle ein Grüppchen Leute versammelt hatte und eifrig im Gespräch war.

Ute meinte: „Das trifft sich gut. Vielleicht hat von denen ja jemand etwas gehört oder gesehen."

Sie gingen direkt auf die Gruppe zu, Ute zeigte ihren Ausweis und stellte ihren Kollegen und sich selbst vor. „Bestimmt hat sich schon herumgesprochen, was hier passiert ist. War jemand von Ihnen zufällig gestern auch hier und hat etwas gesehen oder gehört?"

Ein etwas älterer, aber sehr durchtrainierter Mann trat vor: „Gestern war ich nicht hier, aber als ich vorhin in meine Gartenhütte wollte, stellte ich fest, dass sie aufgebrochen war. Im ersten Moment dachte ich, dass es wahrscheinlich ein einfacher Einbruch war, aber da nichts fehlt, frage ich mich, ob ein Zusammenhang zu diesem fürchterlichen Geschehen hier besteht. Es kann natürlich auch sein, dass jemand einen Schlafplatz gesucht hat, aber so bequem ist es nun auch wieder nicht da drin."

„Okay, das schauen wir uns gerne mal an. Hat sonst jemand etwas beobachtet?"

Ein großer, grauhaariger Mann mit Sonnenhut und hochgekrempelten Ärmeln zögerte: „Ich war gestern hier und habe ein bisschen gearbeitet. Irgendwann habe ich laute Stimmen gehört und noch überlegt, ob ich nachschauen soll, aber es dauerte nicht lange, dann war alles wieder still. Da dachte ich, dass es nur eine kurze aber heftige Auseinandersetzung war und sich die beiden nun wieder versöhnt haben. Jetzt bereue ich doch, dass ich nicht hingegangen bin."

„Was für Stimmen waren es? Weiblich oder männlich?"

„Beides, ein Mann und eine Frau."

„Können Sie irgendetwas näher beschreiben?"

Er dachte nach und schüttelte den Kopf. „Nein, ich habe nicht weiter darauf geachtet. Schließlich kann ja jeder machen, was er will, und ganz so friedlich geht es auch hier nicht immer zu."

„Wenn Ihnen doch noch etwas einfällt, sagen Sie uns bitte Bescheid. Jetzt schauen wir uns die aufgebrochene Hütte an."

Der ältere Herr ging ihnen mit schnellen Schritten voraus, auf dem Weg zurück Richtung Eingang der Anlage. Sein Gartenstück war drei Parzellen von Lizzys entfernt. Er zeigte den Kommissaren die Tür der Hütte.

Alex runzelte die Stirn: „Dieses Schloss aufzubrechen, war keine besonders anspruchsvolle Aufgabe."

Mit einer leichten Kränkung in der Stimme antwortete der Herr: „Nun, in einer solchen Anlage verwendet man keine Sicherheitsschlösser. Es hat ja jeder seine eigene Gerätschaft, und wenn man etwas braucht, hilft man sich gerne."

Gemeinsam betraten sie die Hütte und schauten sich um. Ute und Alex fielen fast zeitgleich ein Spaten ins Auge, der in einer Ecke lehnte. Alex ging darauf zu, Ute holte ein Paar Handschuhe aus ihrem Rucksack und reichte sie ihm. Er zog sie an und schaute sich das Gartengerät genauer an. „Wann hatten Sie diesen Spaten zum letzten Mal im Einsatz?"

„Das liegt bestimmt schon zwei Wochen zurück. Warum fragen Sie?"

„Lizzy wurde mit einem flachen Gegenstand angegriffen. Wir würden diesen Spaten gerne mitnehmen und auf Spuren untersuchen lassen, wenn Sie nichts dagegen haben." Insgeheim hoffte er, dass sein Gegenüber keinen Durchsuchungsbeschluss forderte, traf aber auf volles Verständnis.

„Natürlich, wenn es hilft, diese schreckliche Tat aufzuklären."

„Sonst ist Ihnen nichts aufgefallen?"

„Nein, tut mir leid."

„Gut, dann vielen Dank! Den Spaten bekommen Sie natürlich wieder zurück. Ist es recht, wenn wir ihn einfach an die Tür lehnen, falls Sie nicht da sein sollten?"

„Gerne. Sie können ihn auch in die Hütte stellen, es ist ja momentan nicht abgeschlossen." Es erschloss sich nicht ganz, ob er es ironisch meinte.

Die Kommissare nickten in die Runde und gingen wieder zu ihrem Wagen zurück. Alex nahm eine große Plastiktüte, wickelte den Spaten hinein und legte ihn in den Kofferraum. Nachdem er gestartet war, fragte er: „Was bringt uns das jetzt, dass wir den Spaten haben? Der alte Mann wird ja nicht sein Schloss geknackt und Lizzy dann erschlagen haben."

„Wir kommen unter Umständen dem Tathergang näher. Nehmen wir mal an, der Täter kam zufällig bei den Gärten vorbei. Er hat Lizzy entdeckt, hatte aber keine Tatwaffe dabei. Auf dem Weg zu ihrer Parzelle hat er das Schloss der Hütte, die auf dem Weg lag, aufgebrochen und sie dann nach einer heftigen Auseinandersetzung mit dem Spaten erschlagen."

Alex runzelte die Stirn: „Das wäre ein blöder Zufall! Vielleicht waren sie auch verabredet, und das Ganze ist eskaliert? Er hat so getan, als ob er weglaufen würde, hat aber das Schloss geknackt...?"

„Auch möglich. Da kommen wir nicht weiter, warten wir erstmal ab, ob es überhaupt der gesuchte Spaten ist."

„Wir bringen ihn auf jeden Fall direkt zur Spurensicherung, die freuen sich, wenn sie am Freitagnachmittag noch etwas zu tun bekommen." Ein verschmitztes Grinsen umspielte seinen Mund.

„Die Freude ist vielleicht noch größer, wenn wir zusätzlich einen Schuh Größe 46 mitbringen. Wo wir schon mal unterwegs sind, können wir doch bei Franziskas Bruder vorbeifahren, der ist bestimmt entzückt, wenn er uns wieder sieht. Vielleicht hat er einen passenden Schuh für uns?"

Die Fahrt dauerte nicht lange, sie stiegen aus und läuteten. Zu ihrer Überraschung öffnete eine etwas untersetzte rothaarige, lockige Frau mit einer Zigarette im Mund. Sie nahm die Zigarette, blies den Rauch aus und schaute die Kommissare fragend an.

Ute zeigte ihren Ausweis und stellte sich und ihren Kollegen vor.

Über ihre Schulter hinweg rief die Frau: „Bertram, Besuch für dich!" Sie wich nicht von der Stelle, bis ihr Mann auftauchte.

Er war sichtlich erschüttert, als er sah, wer vor der Tür stand. „Das glaube ich jetzt nicht! Gehört das zu Ihrem täglichen Sport, hier vorbeizuschauen? Ich habe wahrhaft anderes zu tun, als mir von Ihnen die Zeit stehlen zu lassen. Was gibt es denn jetzt schon wieder?"

„Wir haben nur eine Frage: Welche Schuhgröße haben Sie?"

„Was soll denn das schon wieder? Größe 46, warum?"

„Dann bitten wir Sie, uns die Schuhe, die Sie am Dienstag getragen haben, mitzugeben, und schon sind Sie uns wieder los."

„Woher soll ich wissen, welche Schuhe ich am Dienstag getragen habe?"

„Na, so viele werden nicht zur Auswahl stehen, und es gibt ja so etwas wie die normalen Schuhe, die man trägt, wenn nichts Außergewöhnliches ansteht. Also?!"

Seine Frau mischte sich ein: „Mach nicht lang rum, gib ihnen halt die Schuhe, dann haben wir unsere Ruhe."

Er brummte etwas Unverständliches vor sich hin und holte aus einem Schuhschränkchen ein paar braune Sportschuhe, reichte sie Alex und sagte in gereiztem Ton: „Oder brauchen Sie auch noch einen passenden Beutel dazu?"

Alex antwortete freundlich: „Wenn Sie einen haben, nehme ich den gerne."

Frau Müller verschwand und kam mit einer alten Plastiktüte zurück, die sie Alex hinhielt. Er steckte die Schuhe hinein und bedankte sich: „Geht doch!"

„Wir wollen Sie nicht länger aufhalten und wünschen ein schönes Wochenende. Die Schuhe bringen wir zurück, sobald sie die Spurensicherung freigegeben hat. Auf Wiedersehen."

Unterwegs rief Ute Gerd an und informierte ihn über die neue Entwicklung. Wie erwartet, war er sofort bereit, das Werkzeug und die Schuhe umgehend zu untersuchen.

Jeder hing seinen Gedanken nach. Als sie beim Präsidium ankamen, sagte Alex: „Ich bring die Sachen rüber zu Gerd."

„Okay, ich gehe schon mal voraus ins Büro."

Frau Stiegelmaier begrüßte Ute mit den Worten: „Sie sollen sich unbedingt in der EDV-Abteilung melden. Da scheint es eine wichtige Erkenntnis zu geben."

„Okay, sagen Sie bitte Herrn Weingärtner Bescheid, wenn er kommt. Ich mache mich gleich auf den Weg." Sie legte gar nicht erst ihre Jacke und den Rucksack ab, sondern ging direkt zu den beiden EDV-lern.

„Hallo ihr beiden, Frau Stiegelmaier schickt mich, es hat sich dringend angehört."

„Das kann man wohl sagen. Wir sind bei der ersten Sichtung schon über einen Namen gestolpert, Maggy, der sonst nirgends auftaucht, haben ihm aber zunächst keine Bedeutung zugemessen. Aber nun sind wir ihm nachgegangen und haben eine sehr interessante Entdeckung gemacht."

In diesem Augenblick kam Alex schwer atmend zur Tür herein.

„Du kommst gerade zur rechten Zeit. Martin berichtet von einer Entdeckung. Wir sind gespannt."

Martin nahm den Faden wieder auf. „Da der Name nur einmal im WhatsApp-Verlauf erscheint, und auch da nur mit einer belanglosen Information, haben wir die Nummer geortet. Jetzt haltet euch fest: Sie führt direkt zur Adresse des Ex in der Südstadt."

Die Überraschung war ihm gelungen. Ute und Alex schauten Martin verblüfft an. Ute fand zuerst die Sprache wieder: „Ich verstehe nicht ganz, was der Name Maggy mit ihm zu tun haben soll, oder meint ihr, er hat von dieser Maggy Besuch oder versteckt sie bei sich?"

„Das wäre natürlich eine Möglichkeit, aber es kann auch ganz anders sein. Er könnte sich ein neues Smartphone gekauft und unter einem falschen Namen angemeldet haben, um anonym bleiben zu können. So kann er sie im Auge behalten, ohne dass sie etwas davon bemerkt. Um an ihren Status zu gelangen, muss er ihr nur einmal eine WhatsApp schicken, und schon hat er Zugang."

„Du meinst, er hat den Mord unter Umständen von langer Hand geplant?"

„Nun, Zeit hatte er ja, er konnte sie über einen langen Zeitraum beobachten. An diesem Abend sah er seine Möglichkeit, er kannte sie gut genug, so dass er sich denken konnte, dass sie ihren vermeintlichen Lover irgendwann wegschickt und noch eine Zeit lang alleine sein möchte. Also bietet es sich doch an, die Gunst der Stunde zu nutzen."

Alex setzte sich auf einen der Stühle. „Das muss ich erstmal verdauen."

Thomas übernahm: „Wenn ihr es genau wissen wollt, könntet ihr ihm einen Besuch abstatten und in seiner Wohnung diese Telefonnummer anrufen. Dann müsste irgendwo das Maggy-Telefon läuten. Am besten speichert ihr die Nummer gleich, dann braucht ihr sie nicht mühsam wählen."

Ute wechselte einen Blick mit ihrem Kollegen: „Ich glaube, genauso werden wir das machen." Sie tippte die Nummer, die ihr Thomas reichte, in ihr Smartphone und richtete sich an die EDV-ler: „Tolle Arbeit, vielen Dank! Wir halten euch auf dem Laufenden."

Alex schaute seine Kollegin fragend an: „Du meinst aber nicht, dass wir da heute nochmal hinfahren? Wir haben ihn heute Vormittag schon nicht erreicht."

„Haben wir etwas zu verlieren? Vielleicht war er nur einkaufen, ist längst zurück und wartet auf uns?"

Mit einem tiefen Seufzer wuchtete sich Alex aus dem Stuhl. „Woher nimmst du nur immer diese Energie?"

Ute gab Frau Stiegelmaier kurz Bescheid, danach machten sich die beiden Kommissare wieder auf den Weg zum Wagen und steuerten die Adresse in der Südstadt an. Sie stellten ihn in einer der Seitenstraßen ab, da sie keinen Parkplatz fanden und gingen das Stück zu Fuß. Sie klingelten an der Tür, aber es rührte sich nichts. Sie versuchten es erneut, wieder nichts.

„Habe ich es nicht gleich gesagt? Den Weg hätten wir uns sparen können."

„Einen Versuch war es wert, und womöglich hätten wir den Fall heute noch abschließen können. Ich schlage vor, du holst mich morgen früh ab und wir geben ihm eine neue Chance. Ist neun Uhr für dich in Ordnung?"

Er seufzte: „Es hat was, wenn man sich keine Gedanken über die Wochenendgestaltung machen muss. Ja, neun ist okay, ich bin schon dankbar, wenn du nicht gleich um sieben auf seiner Matte stehen willst! Soll ich dich noch kurz nach Hause bringen?"

„Danke, das ist nicht nötig. Du kannst mich einfach an der Straßenbahnhaltestelle absetzen."

Er brachte sie zur nächsten Haltestelle und verabschiedete sich. Ute genoss den Heimweg, vorbei an blühenden Vorgärten und Bäumen in sattem Frühlingsgrün. Auch die zwitschernden Vögel halfen ihr, die Enttäuschung zu verarbeiten, dass sie diesen vielleicht letzten Schritt nicht hatten gehen können. Zu Hause traf sie Herrn Eberhard im Garten an: „Haben Sie nach der Tagesschau etwas Zeit?"

Er schaute sie mit fragendem Blick an. „Leider nein, meine Frau und ich gehen in ein Konzert in der

Stadtkirche. Warum, gibt es etwas Neues? Sie wollen mir hoffentlich nicht sagen, dass eine zweite Person umgebracht wurde?"

„Steht mir das im Gesicht geschrieben? Genau das wollte ich Ihnen sagen. Es ist Lizzy, die nette Freundin von Franziska. Sie wurde heute Vormittag tot in den Schrebergärten gefunden."

„Das ist ja furchtbar. Haben Sie bereits einen Verdacht oder gar eine Spur?"

„Ja, wir haben den Ex von Franziska im Visier, konnten ihn aber nicht erreichen. Wir hoffen sehr, dass er morgen zu Hause ist, dann wird es unter Umständen eng für ihn. Er steht gleich um neun Uhr auf unserer Agenda."

„Da wünsche ich Ihnen viel Erfolg und würde mich dann über einen Bericht freuen."

„Den bekommen Sie, und Ihnen wünsche ich einen schönen Konzertabend."

„Danke!"

Ute ging in ihre Wohnung, öffnete die Balkontür, um etwas frische Frühlingsluft herein zu lassen, und bereitete sich dann in der Küche ein Abendbrot zu. Sie studierte das Fernsehprogramm, entschied sich aber für einen Leseabend und ging relativ früh ins Bett.

Samstag

Auch heute zeigte sich das Wetter von seiner schönsten Seite: stahlblauer Himmel mit einigen kleinen weißen Wölkchen, die Sonne schien ins Schlafzimmer, nachdem Ute die Rollläden hochgezogen hatte. Einen Augenblick bedauerte sie, dass sie den Tag nicht für eine ausgedehnte Radtour nutzen konnte, tröstete sich dann aber mit der Aussicht auf den Folgetag. Kurz vor neun zog sie eine leichte Jacke über, nahm ihren Rucksack, und ging nach unten, wo sie auf Alex wartete. Gemeinsam fuhren sie den inzwischen vertrauten Weg. Die Parkplatzsuche gestaltete sich, wie an einem Samstag erwartet, schwierig, da die wenigsten Anwohner zur Arbeit gefahren waren. Auf dem etwas längeren Fußweg besprachen sie noch einmal ihren Plan, über den sie sich bereits auf der Fahrt ausgetauscht hatten.

An der Haustür läuteten sie und warteten. Das Fenster einer Nachbarswohnung öffnete sich, wurde aber gleich wieder geschlossen. Sie klingelten erneut, dieses Mal etwas länger. Nach dem dritten Versuch summte der Türöffner. Als sie zur Wohnungstür kamen, ging die Tür auf. Vor ihnen stand Herr Baum in Schlafanzughose und Unterhemd, unrasiert, die Haare wirr und rieb sich die Augen.

Alex sagte laut: „Guten Morgen, Herr Baum, Zeit, sich etwas frisch zu machen und anzuziehen."

Brummig kam die Antwort: „Ich kann hier den Tag verbringen, wie ich will. Was machen Sie überhaupt so früh schon hier? Ich habe Sie nicht gerufen."

„Da haben Sie recht: Zu Hause können Sie herumlaufen, wie Sie wollen, aber wir würden Sie gerne mitnehmen, und da wäre es angebracht, wenn Sie sich vorher etwas überziehen."

Herr Baum rührte sich nicht vom Fleck: „Kapier ich nicht. Warum wollen Sie mich mitnehmen?"

Ute griff ein: „Jetzt lassen Sie uns zuerst mal rein, dann verschwinden Sie im Bad und kommen schließlich angezogen wieder! Dann sehen wir weiter." Ihr Ton erlaubte keinen Widerspruch.

Herr Baum kratzte sich am Kopf, ließ die beiden aber herein. Die Luft war stickig. „Sie kennen sich ja schon aus." Mit diesen Worten verschwand er. Alex riss das Fenster auf, die beiden Kommissare setzten sich an den kleinen Tisch. Nach wenigen Minuten kam Herr Baum angezogen und grob gekämmt wieder und setzte sich auf den dritten Stuhl.

„Lizzy ist tot."

„Und was habe ich damit zu tun?"

„Deshalb sind wir hier, das wollen wir herausfinden. Wo waren Sie am Donnerstagabend?"

„Keine Ahnung, wahrscheinlich hier."

„Ein bisschen Kooperation wäre hilfreich. Kann es auch sein, dass Sie bei den Schrebergärten waren?"

„Was soll ich denn bei den Schrebergärten?"

Ute hatte den Eindruck, dass sie auf diesem Weg nicht weiterkommen und öffnete den Rucksack. Sie kramte darin, als ob sie ein Taschentuch suchen würde, wählte aber die gespeicherte Nummer auf ihrem Smartphone und zog dann ein Taschentuch heraus.

Im Flur klingelte ein Telefon. Für den Bruchteil einer Sekunde war ein Erschrecken im Gesicht von Herrn Baum zu sehen, dann hatte er sich wieder in der Kontrolle. Als er keine Anstalten machte, aufzustehen, forderte ihn Ute freundlich auf: „Gehen Sie ruhig dran, wir warten."

„Das kann nicht wichtig sein."

Sie schaute ihn intensiv an und hielt die Spannung noch einen Moment, bevor sie sagte: „Da irren Sie sich, das ist sogar sehr wichtig! Das ist Maggy."

Er biss sich unwillkürlich auf die Lippe, wollte etwas sagen, unterließ es dann aber, stand auf und ging in den Flur. Das Telefon ließ er klingeln, öffnete stattdessen die Wohnungstür, verschwand nach draußen und schloss sie wieder hinter sich.

Ute war überrascht, mit welchem Elan Alex aufsprang, um ihm zu folgen. Mit einer Hand packte sie ihren noch offenen Rucksack und rannte hinterher, überholte ihn im Treppenhaus und warf den Knirps, den sie immer im Rucksack hatte, nach unten, vor die Füße von Herrn Baum, der stolperte und fiel. Die beiden Kommissare kamen fast zeitgleich bei ihm an, Alex überwältigte ihn, und Ute reichte ihm Handschellen. Nachdem er sie angelegt hatte, fragte er: „Wollen Sie noch etwas mitnehmen? Vielleicht haben Sie einen längeren Aufenthalt vor sich. Was Sie hier gerade geboten haben, unterstreicht nicht unbedingt Ihre Unschuld."

Herr Baum wandte stumm den Blick ab. Gemeinsam verließen sie das Haus und gingen in Richtung Parkplatz. Eine Nachbarin, die ihnen mit einer Tüte frischer Brötchen entgegenkam, musterte sie überrascht und lief hastig weiter.

Wortlos stiegen sie schließlich ins Auto und fuhren zum Präsidium. Ute wandte sich an Alex: „Begleitest du ihn zur Abnahme der Finderabdrücke? Ich richte inzwischen den Verhörraum."

Alex nickte und wies Herrn Baum mit einer Handbewegung den Weg zu einem Büro im Eingangsbereich. Unmittelbar nach dem Klopfen traten sie ein.

Eine kräftige Polizistin mittleren Alters schaute auf. Nach einem Bandscheibenvorfall hatte sie sich vom Außendienst befreien und hierher versetzen lassen.

„Mareike, Herr Baum möchte seine Finderabdrücke hinterlassen."

„Aber gerne. Nehmen Sie bitte hier Platz und geben mir zuerst Ihre Personalien: Name, Geburtsdatum, Wohnort."

Nachdem sie alles notiert hatte, bat sie Herrn Baum, seine Finger auf das Lesegerät des Fingerabdruckscanners zu legen und hielt so seine Abdrücke fest. An Alex gerichtet fragte sie: „Soll ich sie gleich zu Gerd weiterleiten? Ihr habt ja bestimmt einen Verdacht."

„Genau darum hätte ich dich gebeten. Vielen Dank, das ging mal wieder zügig. Herr Baum, wir können weitergehen, meine Kollegin erwartet uns." Mit diesen Worten ermunterte er ihn, aufzustehen und führte ihn zum Verhörraum, wo Ute bereits Namen und Datum aufgesprochen hatte. Außerdem hatte sie bei Gerd nachgefragt, ob er bereits Erkenntnisse bezüglich des Schuhs von Herrn Müller habe und erfuhr, dass es keine Übereinstimmung mit den Spuren der Parzelle gäbe.

Alex betrat mit Herrn Baum den Raum, sie nahmen Platz, und Ute klärte ihn über seine Rechte auf, für die er aber keinerlei Interesse zeigte. „Wir können jetzt noch einmal ganz von vorne anfangen. ‚Maggy' hat Ihnen am Dienstag gezeigt, wo Franziska zu finden ist. Sie fuhren hin, haben einen günstigen Moment abgepasst und sie dann erstochen. Korrigieren Sie mich, wenn ich falsch liege." Sie schaute ihn erwartungsvoll an. Er schwieg.

„Wenn Sie nicht kooperieren, müssen wir vielleicht ein zusätzliches Beweisstück einfordern. Würden Sie bitte einen Ihrer Schuhe ausziehen?" Sie rief über ihr Smartphone einen jungen Polizeibeamten, den sie beauftragte, den Schuh zu Gerd zu bringen, nachdem Alex beim Ausziehen des Schuhs etwas „behilflich" gewesen war.

„Wir können gerne warten, bis wir von der Spurensicherung eine Bestätigung bekommen. Sie haben heute nichts anderes mehr vor, und auch wir nehmen uns die Zeit, wenn es denn sein muss. Sie dürfen uns aber auch gerne vorher schon über Ihr Motiv in Kenntnis setzen und verraten, warum auch Lizzy daran glauben musste."

Herr Baum verschränkte die Arme vor der Brust, um zu signalisieren, dass er keineswegs bereit war, die beiden Kommissare über irgendetwas in Kenntnis zu setzen.

Alex wechselte einen genervten Blick mit seiner Kollegin. Er hatte keine Lust, den Großteil des Samstages hier im Verhörraum zu verbringen, wusste aber auch, dass es keinen Sinn hatte, den vermeintlichen Täter zu drängen. Er atmete tief durch.

Kurz darauf klingelte Utes Smartphone. Sie stellte das Gerät auf laut, und Gerd gab durch, dass er Erdspuren auf dem Schuh gefunden habe, die mit denen der Parzelle übereinstimmen, und auf dem Spaten hatte er Fingerabdrücke von Herrn Baum identifiziert.

„So, nun brauchen Sie sich nicht länger zurückhalten. Die Beweise liegen klar auf der Hand, das heißt, Sie sind überführt, aber wir wollen trotzdem gern verstehen, was hinter den Taten steht. Also bitte, Sie haben das Wort!" Ihr energischer Ton unterstrich ihre Aussage. Bereits während des Anrufs von Gerd hatte sie den Eindruck, dass eine Veränderung in ihrem Gegenüber vorging. Etwas milder fügte sie hinzu: „Vielleicht ist es ja auch eine gewisse Erleichterung, wenn Sie darüber sprechen?"

Herr Baum rieb sich mit einer Hand die Stirn, bevor er begann: „Das mit Lizzy war nicht geplant, sie ist selber schuld. Sie hat mich angerufen, nachdem Sie mit ihr gesprochen hatten und hat mir den Mord unterstellt. Sie hat gesagt, dass sie mich ganz genau im Auge behalten werde, ich würde bestimmt irgendwann einen Fehler machen."

Ute traute ihren Ohren nicht. So etwas hätte sie von der freundlichen Lizzy überhaupt nicht erwartet.

„Ich kenne sie ja schon viele Jahre und wusste, dass sie keine Ruhe geben würde. Sie tut immer so nett, aber wenn es um Franziska ging, hatte ich nie eine Chance, sie hat sich immer auf ihre Seite gestellt, ob das berechtigt war oder nicht. Ich hatte bei ihr ganz schlechte Karten." Er überlegte einen Augenblick. „Vielleicht habe ich zu viel getrunken, auf jeden Fall dachte ich, ich könnte ja mal bei ihrem Garten vorbeigehen, das Wetter war schön." Wieder machte er eine kleine Pause, als ob er sich das Bild vor Augen malen müsste. „Und da war sie tatsächlich und hat gearbeitet. Ich habe ihr gesagt, dass sie mich in Ruhe lassen solle, sonst könnte das ganz üble Konsequenzen für sie haben. Ich weiß nicht mehr, was sie geantwortet hat, aber da ist etwas in mir ausgerastet. Ich habe getan, als ob ich gehen würde, habe dann aber die Tür von dieser Hütte aufgebrochen und bin mit dem Spaten zu ihr zurück. Sie hatte wohl tatsächlich geglaubt, dass ich weg bin, denn sie stand wie erstarrt da. Und da ist es passiert, ich habe kräftig zugeschlagen."

Im Raum war es still.

„Sie haben ihren Tod in Kauf genommen, nur weil Sie befürchtet haben, dass sie etwas entdeckt, was nicht ohnehin früher oder später ans Licht gekommen wäre?!"

Herr Baum nickte nachdenklich und schaute sie herausfordernd an: „So muss es wohl gewesen sein. Sie können genauso gut sagen: Lizzy hätte schweigen können und warten, was früher oder später ans Licht kommt."

„Und warum Franziska?"

Er schnaubte verächtlich, hob den Kopf und schaute ins Leere. Nachdem er so eine Weile geschwiegen hatte, gab er sich einen Ruck: „Darauf kommt es jetzt auch nicht mehr an, also gut. Wir waren viele Jahre ein glückliches und angesehenes Paar, beide hatten wir beruflichen Erfolg, Kinder wollten wir keine. Wir genossen das Leben, bis eines Tages meine Stelle als Ingenieur gestrichen wurde. Ich stand quasi auf der Straße. Natürlich habe ich mich um eine andere Stelle bemüht, aber vielleicht nicht mit der nötigen Vehemenz. Es war auch eine andere Zeit als heute… In meiner Verzweiflung begann ich zu trinken, zunächst nur ab und zu ein Glas, mit der Zeit brauchte ich mehr und stärkere Sachen. Anfangs hat es Franziska nicht bemerkt, ich habe auch gewisse Strategien entwickelt: Den Nachschub habe ich in verschiedenen Geschäften gekauft, die Flaschen an unterschiedlichen Stellen in der Wohnung versteckt, zum Beispiel hinter Büchern, von denen ich wusste, dass sie sie nicht in die Hand nimmt. So ging es eine ganze Weile, aber sie kam mir auf die Schliche, weil sich mein Wesen verändert hat. Ich wurde aggressiver, leicht gereizt und dann auch gewalttätig."

Es fiel ihm offensichtlich nicht leicht, weiterzusprechen. Er suchte den Blick von Ute: „Sie müssen wissen, dass es nicht einfach ist, wenn man den ganzen Tag daheim herumhängt, und abends kommt eine erfolgreiche Frau nach Hause und macht einen womöglich noch Vorwürfe, dass man die Wohnung nicht aufgeräumt hat oder Ähnliches." Sein Blick schweifte wieder ab. „Sie zog sich mehr und mehr von mir zurück, ging ohne mich aus, sagte, dass sie sich in der Öffentlichkeit mit mir schäme. Das kratzt natürlich an einem ohnehin beschädigten Selbstbewusstsein. Sie hat auch immer wieder bei Lizzy ‚Zuflucht' gesucht, wie sie sagte. Schließlich hat sie die Scheidung verlangt, und so leben wir nun bereits ein dreiviertel Jahr getrennt."

Wieder machte er eine Pause und nahm einen Schluck Wasser. „Die Zeit läuft." Er biss sich auf die Lippe, als ob er überlege, ob er den Satz sagen solle oder nicht. „Ich habe mich bei einem Anwalt erkundigt und erfahren, dass mir ein Pflichtteil ihres Erbes zusteht, wenn sie stirbt, bevor die Scheidung endgültig vollzogen ist."

Aus Alex brach es heraus: „Aber doch nicht, wenn Sie sie umgebracht haben!"

Herr Baum zuckte mit den Schultern: „Ich habe keinen Ausweg gesehen und alles auf eine Karte gesetzt. Der Plan hätte auch aufgehen können."

Im Raum herrschte eine angespannte Stille. Schließlich ergriff Ute das Wort: „Das war eine klare Aussage. Wir lassen Sie jetzt in die Gewahrsamszelle bringen und geben dem Staatsanwalt Bescheid, dass er beim diensthabenden Richter den Erlass eines Haftbefehls beantragt. Wenn wir den haben, werden wir Sie dem Haftrichter vorführen, der dann das Weitere veranlasst: Haftbefehl und Aufnahmeersuchen an eine bestimmte JVA. Haben Sie noch Fragen?"

Der Gefragte schüttelte den Kopf. Er wirkte, als ob ihn alle Kraft verlassen habe.

Ute rief einen Beamten an, der kurz darauf kam und Herrn Baum abführte. Sie stellte das Aufnahmegerät aus und wechselte einen Blick mit ihrem Kollegen: „Immer wieder niedere Beweggründe! Gut, dass wir ihn gefasst haben. Wer weiß, wer ihm sonst noch im Weg gewesen wäre."

Sie stand auf: „Jetzt noch die Info an den Staatsanwalt und der ganze Schriftkram…"

Gemeinsam verließen sie den Raum. Als sie bei Frau Stiegelmaier vorbeikamen, zeigte Ute mit einem Lächeln einen erhobenen Daumen: „Der Fall ist gelöst!"

„Die Herren von der EDV haben zu mir gesagt, dass ich Ihnen das überreichen soll, wenn es soweit ist." Damit gab sie Ute eine Ingwerknolle und ein Blatt Papier, auf dem stand:

„Maggy bringt euch auf die Spur,
als Lob 'ne Knolle Ingwer pur!"

„Die Herren von der EDV beweisen immer wieder, dass sie Humor haben. Wollen Sie zur Feier des Tages gleich ein Ingwerwasser kochen?"

„Gerne, ich bringe es Ihnen dann rein."

Ute und Alex gingen in ihr Büro. „Ich rufe Dr. Fischer auf seinem Bereitschaftshandy an. Er wird begeistert sein, dass wir uns am Wochenende melden."

Sie wählte die Nummer, und nach kurzem Warten antwortete der Staatsanwalt. Es klang, als ob er etwas außer Atem wäre. „Frau Becker, mit Ihnen habe ich heute nicht gerechnet. Was gibt es Neues?"

„Ich hoffe, dass ich Sie nicht zu sehr störe. Geht es Ihnen gut? Sie klingen anders als sonst."

„Ich bin gerade beim Joggen. Wenigstens am Wochenende will ich etwas für meine Fitness machen."

Ute zwinkerte Alex zu und berichtete Dr. Fischer dann von ihrem Gespräch mit Herrn Baum und den Ergebnissen der Spurensicherung.

„Zunächst mal Glückwunsch zu diesem Erfolg! Ich bin gleich zu Hause und werde dann umgehend den diensthabenden Haftrichter informieren. Wenn Sie mir die Unterlagen zumailen, kann ich sie an ihn weiterleiten, damit er sich ein erstes Bild machen kann, bevor er selbst mit dem Verdächtigen spricht."

Ute versprach, alles in wenigen Minuten zu schicken und beendete das Telefonat. Während des Telefonierens hatte sie ihren Computer hochgefahren und rief die Datei auf, die sie bereits vorbereitet hatte. Sie fügte die neuen Erkenntnisse ein und ergänzte das Ganze durch den Bericht der Spurensicherung als Anhang. Sie überflog alles noch einmal, schickte es ab und lehnte sich dann in ihrem Schreibtischstuhl zurück.

Kurz darauf schaute sie Alex an: „Erst die Arbeit, dann das Vergnügen! Jetzt kommt das „Vergnügen": So langsam sollten wir uns Gedanken über die Verabschiedung von Frau Stiegelmaier machen."

„Ich haben keine Ahnung, was man jemandem schenkt, der in den Ruhestand geht. Da baue ich ganz auf dich."

„Ich habe mir überlegt, ob wir ihr eine Erinnerung an unsere letzten Fälle schenken. In Anlehnung an den Fall, den wir als Akte ‚Friedhofsruhe' abgelegt haben, könnten wir ihr eine kleine Gießkanne überreichen für ihre Balkonkästen."

„Das ist ja eine originelle Idee!"

„Für den Fall ‚Traumpralinen' bietet sich natürlich eine Schachtel Pralinen an."

Alex überlegte: „Ich bin gespannt, was dir zum Fall ‚Winterschlaf' eingefallen ist."

„Damit hatte ich tatsächlich Mühe, aber vielleicht freut sie sich über einen Wintertee. Sie trinkt ja gerne Tee."

„Dann legen wir den aktuellen Fall unter dem Titel ‚Feierabend' ab und schenken ihr ein Fläschchen Wein. Für Franziska war das Glas Wein die letzte Freude, danach war Feierabend für sie."

„Feierabend passt ja auch zum Ruhestand, insofern ist es eine gute Idee! Jetzt bräuchten wir nur noch einen netten Text dazu. Ich könnte meine Bekannte Jutta Ebersberg fragen, sie schreibt gerne. Ihr fällt bestimmt etwas ein."

„Das klingt gut. Dann ist unsere Abteilung schon mal für den Abschied gerüstet, und die anderen sollen sich ihre eigenen Gedanken machen. Und wir könnten vielleicht auch bald Feierabend machen? Gabi hat sich dieses Wochenende irgendwie anders vorgestellt."

„Sie wusste, auf was sie sich einlässt, wenn sie sich in jemanden verliebt, der bei der Kripo arbeitet? Du kannst dich von mir aus auf den Weg machen, wir müssen ja nicht beide dabei sein, wenn der Richter eintrifft. Ich habe mir für heute noch nichts Besonderes vorgenommen. Er wird vermutlich nicht erst in den Abendstunden eintreffen."

„Du bist die Beste!"

„Weiß ich doch!"

Häuser aus Knochenmaterial
Das Forschungsprojekt und
Startup D.O.M.E.

Das auf den Anfangsseiten beschriebene Forschungsprojekt ist nicht meiner Phantasie entsprungen, sondern ist ein reales Projekt unter der Leitung von Felix Daniel Klenner (Biochemie, Promotion).

Seit 2021 ist er Initiator und Projektleiter des Forschungsprojektes D.O.M.E., das 2024 an der Universität Ulm starten wird. Die Technologie hinter der namensgebenden *Direkt Ossifizierte Mehrzweckeinheit* (D.O.M.E.) basiert auf der Idee, im Labor generiertes Knochengewebe als Baumaterial zu nutzen. Vorteile: Knochen haben ein geringes Gewicht, eine hohe Belastbarkeit bei gleichzeitiger Flexibilität und sind zu 100% biologisch abbaubar.

Wenn es gelingt, die physikalischen Eigenschaften von Knochengenwebe als Baumaterial nutzbar zu machen, hat die D.O.M.E.-Technologie das Potential, konventionelle und in ihrer Herstellung umwelt- und klimaschädliche Baustoffe zu ersetzen oder zumindest auf ein nachhaltiges Niveau zu entlasten. Es geht also um Nachhaltigkeit und Schaffung von erschwinglichem Wohnraum.

Es wird noch Jahre dauern und einen enormen Forschungsaufwand erfordern, um diese Technologie zur Reife zu bringen.

Für den Krimi nannte Felix D. Klenner sein Projekt Bone Home, um es etwas anschaulicher darzustellen. Ich freue mich, dass er mir die Gelegenheit gegeben hat, sein Projekt etwas bekannt zu machen und wünsche ihm viel Erfolg bei dem weiteren Forschungsverlauf!

Nähere Informationen über das Projekt D.O.M.E und seine Förderer finden Sie auf der Website der Universität Ulm.

Friedhofsruhe
Ein badischer Krimi
ISBN: 978-3848215614
auch als E-Book erhältlich
204 S., 12,90

Die gut organisierte Kommissarin Ute Becker ermittelt zusammen mit ihrem jüngeren, etwas beleibten Kollegen Alex Weingärtner im Fall Emmi Weisser, die auf dem Rüppurrer Friedhof erwürgt aufgefunden wurde. Es gibt zunächst kein erkennbares Motiv: Frau Weisser war eine ältere, allseits beliebte, freundliche und immer hilfsbereite Frau, die keine Feinde zu haben schien.

Traumpralinen
Ein badischer Krimi
ISBN 978-3-7322-5556-6
auch als E-Book erhältlich
200 S., 12,90 €

In ihrem zweiten Fall werden die Kommissarin Ute Becker und ihr Kollege Alex Weingärtner zu einem Unfallort gerufen: Nicole Hochstätt-Karcher ist auf dem Weg ins Albtal mit ihrem Sportwagen tödlich verunglückt. Es stellt sich heraus, dass sie kurz vor der Fahrt selbstgemachte Pralinen genossen hat… Nicole war die Tochter des Besitzers der Firma „Exquisitmöbel" in Ettlingen.

Winterschlaf
Ein badischer Krimi
ISBN 978-3755741664
auch als E-Book erhältlich
152 S., 9,90 €

Die Kommissarin Ute Becker und ihr Kollege Alex Weingärtner begegnen in ihrem dritten Fall einer jungen schwangeren Frau, deren Ehemann ermordet aufgefunden wurde. Er war ein beliebter und engagierter Lehrer. Warum musste er sterben?